Chara

渇愛㊤

吉原理恵子

キャラ文庫

この作品はフィクションです。
実在の人物・団体・事件などにはいっさい関係ありません。

目次

口絵・本文イラスト／笠井あゆみ

1　プロローグ　0《ゼロ》

その日。

朝の目覚めはすっきりと爽《さわ》やかだった。

いつもと同じ時間。見慣れた自分の部屋で、いつものようにくり返される日々の始まりに目新しいものなど何もありはしなかったが。それでも、気分は爽快《そうかい》だった。

大きく伸びをして、ベッドを抜け出す。

足取りは背中に羽根が生えているのではないか――と思うほどに軽い。

コーヒーメーカーをセットして、朝食の支度をするときも。

顔を洗って身だしなみを整えるときも。

なんだか、いつもとは少し違う。

知らず知らずのうちに鼻唄さえもれる、機嫌のよさだった。

今日からの僕は、昨日までの僕とはちょっとだけ違う。

言葉にすれば、そんなところだろうか。

何を見ても、何をしても、自然と頬《ほお》が緩んでしまう。

彼は幸せだった。

大学のサークルで知り合った彼女との、六年越しの恋。昨夜、ようやくプロポーズにこぎつけたのだ。

自信はあった。だが、やはり、彼女がはっきりと頷《うなず》いてくれるまでの緊張感は並みではなかった。もしかしたら、入社試験の面接よりも気が張っていたのではないだろうか。

語り合うことは山ほどあった。

今までのこと。

これからのこと。

それだけで、夜はあっという間に更けていった。

だが。時間が足りないとは思わなかった。

これから、二人でゆっくり語り合っていけばいい。そう思った。

扉は、今、開かれたばかりだ。

——一夜明けて。

朝の爽快感と、今までになかった充足感で、彼は腹の底から気力が湧き上がってくるのを感じた。

彼は今——とても幸福だった。

§　§　§

風呂上がりの髪をヘアードライヤーで乾かす手をふと止めて、彼女は思い出したようにドレッサーの引き出しを開けた。

ビロードの肌触りの小さなケース。

掌《てのひら》にのせて静かに開く。

プロポーズの言葉とともに彼から贈られた指輪。

彼女の誕生石でもある深紅《ルビー》の指輪。

束《つか》の間《ま》、その美しさにまばたくことも忘れて魅入っていた彼女の唇からひっそりとため息がもれた。

いつもの場所で。

いつもの時間。

美味《おい》しい食事とお酒。そして、楽しいおしゃべり。

半ば習慣と化した月に一度の贅沢《ぜいたく》が、その夜、忘れられない幸福な宴《うたげ》になった。

アペリティフのグラスを手にする寸前、彼が差し出した小さなケース。まるで予感していなかった驚きが、次の瞬間には、胸が芯《しん》から熱く疼《うず》くような鼓動の震えにとって代わった。

「受け取って……もらえる？」

耳慣れたはずの彼の声がその夜は少しだけ違って聞こえた。気が昂《たかぶ》っていたのだろうかと、彼女はその夜のことを思い返す。

違う大学に通ってはいるが、同じサークルの仲間同士。彼との時間は本当に楽しくて、十代と二十代の境をあっという間に駆け抜けていくような六年間であった。

グループ交際から始まった付き合いは激しい恋のアバンチュールとは無縁だった。

いつの間にか……という言葉が一番しっくりくるような、そんな二人だった。

その六年という歳月が、これほどの喜びと重みをもって感じられた夜はない。

彼女は高鳴る鼓動をなだめるようにひと息深く吸い、そうして、心からの笑みを浮かべて深く頷いた。

一気に燃え上がるような激しさはないけれども、想いは静かに明日へ流れていく。これからの日々もそうあって欲しいと彼女は思った。

彼から贈られた、愛の証《あかし》。

彼女は左手の薬指で輝く情熱の赤を見つめながら彼の顔を思い浮かべた。それだけで、うっとりと幸せな気分になれた。

彼女は今――とても幸福だった。

§　§　§

男は飢えた獣《ケダモノ》だった。

恐喝。

暴行。

強姦《ごうかん》。

およそ悪《ワル》のやることは、なんでも一通りこなしてきた。

昼でも、夜でも。肩で風を切って街を流して歩けば、誰もかれもが露骨に視線を逸《そ》らして避けて通った。

この街にいる限り男に怖いものなどなかった。

だが、男は知っていた。

世間の奴《やつ》らが媚《こ》び、へつらい、畏怖《いふ》しているのは、素の自分なのではなく自分が背負っている名前だけなのだと。

過去も。現在も。未来も。名前だけが男を呪縛《じゅばく》する。

子どもは親を選べない。

生まれてくる場所を拒否できない。

べったりと貼りついた名前《レッテル》は落ちない、消えない、剝《は》がれない。

だから。男は命知らずの外道になった。
この街で手に入らないものは何もない。
金も。
権力も。
雌《オンナ》も。
なのに、男は飢えていた。
なぜ?
どうして?
何に?
そんなことを考えるのも煩《わずら》わしくなるほど餓《かつ》えていた。
何をしても満たされない。ヒリつくような渇きに喉《のど》が灼《や》けた。
わけのわからない飢渇感で腹の底が痺《しび》れるように冷たい。
その場しのぎに雄《オトコ》を殴りつけても、流れる血は熱くはならなかった。
手当たりしだいに雌《オンナ》を引きずり倒しても、鼓動は冷え冷えとしたままだった。
そんな男の目の前で、幸せそうに二人だけの世界に浸っているカップルがいた。
彼が彼女を見つめる目の優しさに、わけもなくムカついた。
彼女が彼に寄せる、穏やかな信頼の眼差《まなざ》しが無性に癇《かん》に障った。

それが、どれほど望んでも自分の手には入らない絆《きずな》だと知ったとき、男の唇が残忍なまでの笑みに吊《つ》り上がった。

思うさま裂いてやろうか。それとも——切り刻んでやろうか。

男はコインを取り出し、軽く宙に放り投げた。

彼《表》か？

彼女《裏》か？

摑《つか》んで開いた手の中のコインは『裏』だった。

幸せそうな彼と彼女を流し見て、男は片頬だけでうっそりと笑った。

§　§　§

その瞬間の、彼女の蒼《あお》ざめた顔つきがたまらなく心地よかった。

小刻みに震える唇からもれる、恐怖に引《ひ》き攣《つ》った悲鳴。幸せの絶頂から墜ちていく様は背中がぞくぞくするほどの快感だった。

男は何もためらわなかった。

ねじ込んで。

揺すって。

抉《えぐ》って。

思うさま突き上げる。何度も、何度も…………。

そうして、男は知る。昏《くら》く淀《よど》んだ渇きが、冷たく痼《しこ》った血の疼きが、ゆうるりと満たされていくことに。たとえそれが、一時しのぎの甘い錯覚であろうとも。

§ § §

それに気づいたとき、彼女はただ呆然《ぼうぜん》と立ち竦《すく》んだ。

愛する彼の子ども、なのか。

憎い男の残滓《ざんし》、なのか。

疑わしきはきっぱりと切り捨てるべきだと。それが誰にとっても最善なのだと、理性は絶え間なく耳元で囁《ささや》き続ける。

切り捨てることは簡単だった。だが、愛する彼とともに描くはずの未来図が無残に切り裂かれてしまった今、その五十パーセントの可能性をも断ち切ってしまえば、彼女にはもう愛の欠《かけ》片《ら》も残らなくなってしまう。

すべてを理性で切り捨てて、この先、生きて行けるだろうか。

いいの？

それでいいの？
だって、しょうがないじゃない。
一か八かなんて、リスクが大きすぎる。
だったら、どうすればいいの？
彼女は堂々巡りの自問をくり返す。
どうにも、最後の一歩を踏み出してしまえなくて…………。

§　§　§

彼はきつく拳《こぶし》を握りしめた。
愛する彼女をレイプした男への、鼓動も焼き切れんばかりの憎悪。
強姦は親告罪なのだという、どこにもぶつけようのない憤怒。
そして、理性と感情の狭間《はざま》で揺れ動くただひとつの真実。
なぜッ。
——ほかの誰かではなく。
どうしてッ。
——自分たちでなくてはならなかったのか。

憎い。

許せない。

やりきれない。

この理不尽な現実に、このまま黙って耐えることしかできないのか。

腹の底から煮えたぎるモノの捨て所が見つからなくて、頭の芯が灼き切れそうだった。

彼は血が滲《にじ》むほどきつく唇を噛《か》み締める。

彼が思い描いた幸福は、もうどこにもない。

その手の中に残ったものは、彼女から送り返されてきた虚しい情熱の赤だけだった。

§　§　§

男は極悪非道の飢えたケダモノだった。

彼女は婚約を解消して、五十パーセントの可能性にすがることで自分の明日を支えようと思った。

彼は己の不甲斐《ふがい》なさを呪《のろ》いながら、自分の足で歩いて行かなければならなかった。

そうして、季節は流れていく。
すべてを過去へと追いやりながら。
巡り来る、未来の扉を押し開きつつ…………。

2　運命の交差路

風薫る五月。

伽宮《かみや》市立三嶋《みしま》中学校。

終業時のチャイムが鳴ると、校舎内が一斉にざわついた。

二年三組一番、秋葉和也《あきばかずや》は机の上の教科書とノート、筆記用具を手早く鞄《かばん》にしまうとゆったりした足取りで教室を出た。

いつもはこのあとに部活動……バスケットボール部の部室に行くのだが、今日はそのまま一階の昇降口へと向かった。

途中の廊下で、同じクラブの相原《あいはら》に呼び止められた。

「あれ？　おい、秋葉。帰るの？」

「ああ」

「部活は？」

「今日は用があって、パス。キャプテンにも言ってあるから」

「そっかぁ。ンじゃあ、な」

「おう。頑張れよ」

三嶋中学の部活動はけっこう緩い。和也が所属するバスケ部も試合実績は二回戦止まりで、どちらかというとしゃかりきに勝利を目指すというより、和気藹々《わきあいあい》でバスケを楽しむといった感じである。

そんなバスケ部のスローガンは『目指せ地区大会三回戦突破！』だった。

上履きからスニーカーに履き替えて、部活動に向かう生徒でざわついている校舎を抜けて校門を出た。

今日は月に一度の食事会である。

「いつもの『ルルーシュ』に十八時よ？　遅れないでね？」

今朝家を出るときに、母親の由美子《ゆみこ》から念を押された。

「はーい。了解」

家のカレンダーには今日の日付に特大の花丸が付いていた。食事会も五回目になると返事もけっこうおざなりだった。

(俺ももう中二だし、別に二人の結婚に反対してるわけじゃないんだから、高見《たかみ》さんもそんなに気を遣ってくれなくてもいいのに)

母親の結婚相手(予定)との月一の会食も、本音を言えばちょっとだけ面倒くさい和也だった。

秋葉家は、世間的には何かと色眼鏡で見られやすい未婚の母子家庭である。

今までずっとシングルマザーで気張ってきた由美子が突然結婚宣言をしたのは去年の十月だった。

「お母さんね、その人のことが好きなのよ。結婚してもいい？」

本音で驚いた。

いや……ある意味、愕然《がくぜん》とした。

今までそんな素振りも見せなかったのに、なんで？

それまで、和也は、父親と母親の二役をこなす由美子の顔しか見てこなかった。そこへいきなり『恋する女性』の顔を意識させられて、顔が強張り付くほどに動揺している自分に気づいて唖然《あぜん》としたのだった。

そんな和也に、由美子はとどめを刺すように幸せそうに笑った。

「いい方なのよ。でも、いきなり和也の父親になれるわけじゃないから、そこらへんは時間をかけてじっくりって思ってるんだけど」

和也に否《いな》はなかった。

由美子が『結婚』というケジメをつけて一緒に暮らしたいというのだ。今更、他人と同居するなんてうざったい……などと言えるはずもなかった。

（父親ねぇ。そういうのってあんまり実感湧かないんだけど）

和也は母子家庭であることに別段不満らしい不満もなければ、父親がいないという僻《ひが》みも持ってはいなかった。

父親という存在が途中でいなくなってしまえばそのありがたみも寂しさも感じないではいられなかっただろうが、日常生活——家庭の中で父親が最初から存在しない以上、執着も不便もないわけで。和也は他人が思っているほど不幸ではなかったし、なんの不自由も感じてはいなかった。

なぜなら。由美子がキャリアウーマンであり、人並みの生活が維持できるだけの稼ぎ手であったからだ。和也が物心が付くまではその語学力を生かして在宅で洋書などの翻訳をしていたし、登録制の人材派遣センターから定期的に入ってくる仕事もあった。

小学生になると放課後は学童保育で時間が潰《つぶ》れたし、その頃になると由美子は正規のフルタイムで働けるようになっていた。

父親がいて、母親がいて、日曜日には家族揃《そろ》ってどこかに出かける。そんな世間並みの幸福には縁がなかったが、父親がいないからといって歪《ゆが》んで悪さをするほど愛情に飢えてもいなかった。

それでも、やはり大人は詮索《せんさく》好きであったし、子どもの世界にもそれなりの世間というやつが立派に存在していた。

和也は年齢のわりには聡《さと》い少年だった。小学校に上がる前にはすでに由美子の口から父親不在の理由を聞かされていたし、母親が一家の柱であるために親離れも早かった。

加えて、好奇に満ちた周囲の目もあり、それ以上にあれこれと口うるさい親戚には事欠かなかったからである。

愛情が健全な精神を育《はぐく》むものなら、反発は自我を鍛えるものなのだ。

和也は聡い少年ではあったが、それは世間で言うところの『いい子』ではなかった。

世間を斜めに見下すには幼なすぎ、背中に特大の猫を被《かぶ》るほどヒネてはおらず。だが、すでにプライドのなんたるかを知っていた和也を称して、大人は事あるごとに『可愛《かわい》げがない』と言い、同世代の子どもの目には『どこか冷めたとっつきにくい子』であった。

和也は周囲の目に合わせて自分を変えようとは思わなかった。そんなことは無意味だと思っていたからだ。

父親がいないという他人のあからさまな好奇心に対しては、無視を。

謂《いわ》れのない嘲《あざけ》りには、侮蔑《ぶべつ》を。

売られた喧嘩《けんか》には、倍返しを。

そして。『問題児』というレッテルだけが残った。

由美子は周囲の視線を尻目《しりめ》に、和也の頭を撫《な》でて笑った。

「まぁ、ね。まともに『はい』も『いいえ』も言えないような没個性になっちゃうよりはずいぶんマシよね」

もちろん、和也は自分が問題児なのだとは毛ほども思っていなかった。

仕掛けてくるのはいつだって相手側なのだ。だったら、理不尽きわまりない言いがかりに対して自分だけが我慢をしなければならないなんて、それこそ不公平ではないか。タメを張る度胸がないのなら、あとで泣きわめくくらいなら、初めから奥に引っ込んでいればいいのだ。事の成否がはっきりしている以上、誰が何をどうこじつけようとも和也の胸は痛まなかった。

ほかの誰の言葉より、由美子の笑顔に勝るものはない。何があっても、自分を信じて理解してくれる人がいる。それは何物にも代えがたい支えであった。

見合いの話なら、今までにも何度かあった。お節介な連中が和也をだしにして、

「男の子にはやっぱり父親が必要よ」

飽きもせずに写真と釣書《つりがき》を持ってきたからだ。そのたびに、由美子は笑って取り合わなかったのだが。いったいいつの間に、どこで、どんなふうに、そういう相手と出会っていたのだろうか。

それから程なくして、由美子自身の口から紹介された高見祐介《ゆうすけ》は男の逞《たくま》しさとは無縁の線の細い優男《やさおとこ》だった。道楽が高じてＩＴソフトの会社に転職するまではバリバリのエリート商社マンだったと聞かされても、和也にはその『バリバリ』という姿がまるでイメージできなかっ

た。

同時に、少しばかり失望してもいた。由美子が選んだ結婚相手にしてはあまりにも頼りないように思えたからだ。

そして、唐突に思い出した。昔から陰で何度も聞かされてきたあの台詞《せりふ》を。

——秋葉さん家《とこ》の由美ちゃんは美人で頭もいいのに、どうして男を見る目がないんだろうねえ。

未婚の母《シングルマザー》＝《イコール》男運が悪い。当時はそのレッテルが強力だった。

だが、祐介に対する第一印象も会うたびごとに薄れ、柔らかな口調で語られる見識の広さにふれるにつれて好ましいものへと塗《ぬ》り替えられていった。

今まで出会った大人のように和也を色眼鏡で見ない。なにより、押しつけがましさのない穏やかさは、和也にとってゆったりと四肢を伸ばして寛《くつろ》げる安心感を抱かせた。

いつもの場所で、いつもと同じ時間。食事会の待ち合わせ時間を気にしながら幾分急ぎ足でアパートを出た和也は、そのとき、まるで行く手を遮るように立ち塞《ふさ》がった少年に思わず眉《まゆ》をひそめた。

見覚えのない顔であった。なのに、なぜか、初めて会ったという気がしない。その奇妙な既視感はなんだろう。

その一方で。和也はしばし相手に見惚《みと》れていた。『美少年』という言葉はまさにこ､う､い､う､顔のためにあるのだろうと。

同じ年頃の少女が持つ、ふわりとした可愛らしさとはまるで違う。由美子が滲ませる大人の華やかさとも違う。それでいて、同性に対してなんの衒《てら》いも皮肉もなく素直に『綺麗《きれい》』と言えるだけの容貌《ようぼう》を初めて見たような気がしたのだ。

切れ長の目が醸し出す硬質なイメージは美麗な顔に一片のひ弱さをも感じさせない。その目が自分と同じように、いや……それ以上の意思を込めて見返してくることにいつしか息苦しささえ覚えて、和也は一息深く息をついた。

「俺に、何か用？」

彼は瞬《まばた》きもせず、更に強いモノを視線に込めてきつい口調で言い放った。

「人のもん取るなよな。親が勝手に離婚したからって、俺のお父さんなんだから、横から勝手にかっ攫《さら》っていくな」

和也は面食らった。

「君の……お父さん？」

オウム返しのようにつぶやいてハッと気づいた。初対面なのに、どこかであったことがあるような既視感がなんなのか。

「君、もしかして高見さんの？」

　あまりにも思いがけなくて、かすれぎみに声が跳ねた。その動揺をどう受け止めたのか、彼はスタジアムジャンパーのポケットに両手を突っ込んだまま、睨《にら》むような、挑むような険を刷《は》いて唇の端を歪めた。

「俺はあんたなんか、絶対に認めないからなッ」

　宣戦布告めいた言葉を投げつけられて和也は唖然とした。

　祐介がバツイチだとは聞いていたが、和也は別に気にしてもいなかった。和也にとっては由美子の幸せが最優先で父親とかそういう実感はあまりなかったが、祐介となら上手《うま》くやれそうだからそれでいいか――と思っていたのだ。なので、初対面の美少年に『父親を取るな』と言われてただただ面食らってしまったのだった。

　家族という名のひとつの輪が壊れて大人のエゴが剝《む》き出しになったとき、子どもはいつまでも非力なままの子どもではいられなくなるのだろう。

　理不尽に毟《むし》り取られたものに対する、憎しみと渇望。その痛みを和也は知らない。

　幸か、不幸か。世間並みの理想の家族像からはすでに逸脱していたので。

　けれど、父親がいないというハンデに勝る愛情で育てられた幸せな子どもだったから。

　中学二年の五月。和也と高見祐介の息子を名乗る少年との思いがけない出会いは、いきなりの最低線から始まってしまったのだった。

3　再会

中学二年の夏。

秋葉由美子《あきばゆみこ》と高見祐介《たかみゆうすけ》は結婚して、秋葉和也《かずや》は『高見和也』になった。

祐介はバツイチで由美子はシングルマザーということもあり、式はごくごく内輪だけで済ませた。もういい年齢なんだから今更ウェディング・ドレスを着るのは照れる……とか言い出した由美子に、

「何言ってんだよ。最初で最後のハッピー・ウェディングなんだから派手に着飾らないと意味ないだろ」

和也が背中を押した。

ウェディング・ドレス姿の由美子は最高に綺麗だった。今まで頑張ってきた苦労が報われた瞬間だった。不覚にも、感無量で和也の目も潤みっぱなしだった。

そして、由美子と和也が高見の家で暮らし始めて半年が過ぎた頃、その電話が鳴った。

受話器を取ったのは祐介だった。

「はい。高見です」

最初、祐介は、相手が誰なのかわからないようだった。相手が名乗らないのか、祐介に覚えがないのか。

「もしもし？　どちら様ですか？」

くどいほど相手の名前を問いただす祐介に、和也は、タチの悪いいたずら電話ではないのかと思った。

すると、突然。

「…………え？」

祐介が小さくもらして双眸《そうぼう》を見開いた。

それは思いもかけない人物からの、あまりありがたくない電話だったのだろう。受話器を握りしめたまま祐介は黙り込んでしまった。

ときおり返す声も、ひどく歯切れが悪い。最後の挨拶《あいさつ》もそこそこに受話器を戻した祐介は心配げな由美子に苦い笑みを向けて言った。

「美也子《みやこ》からだった。会って、話したいことがあるんだそうだ」

美也子というのは祐介の元妻だった。

それから十日ほど経って。祐介と由美子は和也を前にして単刀直入に切り出した。

「和也、弟が欲しくない？」

「え？　できたの？」

真顔で問い返す和也に由美子は唖然と双眸を瞠《みは》り、次の瞬間にはさもおかしそうに笑った。

「いやぁね、違うわよ。弟よ、弟。赤ちゃんじゃないの」

内心、和也はどんよりとため息をついた。

（あー、ビックリした。まさかの高齢出産かと思った。……でも、そっか、弟か）

脳裏を掠《かす》めたのは、あの日、自分の前に立ち塞がった美少年の顔だった。

半ば無意識に視線が足下に落ちた。ちくりと胸を刺す痛みとともに。

「君には話してなかったことなんだけど」

そうして、初めて和也は知った。あの美少年の名前が『玲二《れいじ》』と言い、親権を盾にとって彼との面会すら拒絶した元妻がプライドを引きずり下ろして元夫に泣きついてくるほどの超問題児であることを。

「昔はとても素直な子どもだったんだけどね」

ため息まじりに口を噤《つぐ》んだ重さがどれほどのものか、和也にはわからない。だが、苦渋を舐《な》め取るかのような声音の低さが孕《はら》む痛みは充分理解できた。

夫婦は離婚してしまえば他人に戻るだけだが、親子という血の絆は死んでも切れない。自分たちの離婚が原因で玲二が歪《ゆが》んでしまったのだという負い目は、父親としてかなり根深いものがあるのだろう。

祐介は玲二についての情報をすべて曝《さら》け出し、その上で和也に忌憚《きたん》のない意見を求めた。だから、和也も歯に衣《きぬ》を着せずにはっきりと言ったのだ。

「たとえ俺が嫌だって言っても、父さんはもう引き取ることに決めてるんだろ?」

祐介はいったん目を伏せ、やがて探しあぐねた言葉を噛み締めるように言った。

「できれば、父親としての責任を果たしたいと思ってる。本当に今更なんだけど。向こうも精神的にかなりまいってるようなんだ。このままじゃ母子心中をするしかない……なんて言い出す始末でね」

それはまたシビアすぎる展開であった。

そういう特大の爆弾を我が家に引き取るのかと思うと、なんだか気持ち的にどんよりしてしまった。

(マジでいらないって気がする)

本音がだだ漏《も》れた。

「環境が変われば少しは……なんて、甘いのかもしれないけど、何かあってからだとさすがに取り返しが付かないからね」

「……母さんは?」

「正直なところ、自信はないわね。でも、案外、他人相手のほうが気が抜けるってこともあるでしょ?」

「無理してない？」

「初めから何もかも上手《うま》くいきっこないのが当たり前だと思っていれば、そのうちなんとかなるんじゃない？　気負わないで、ゆっくり、少しずつ……ね？」

「だったら、俺は別に構わないよ」

そうでも言わないと収まりがつきそうになかった。

「……すまないね」

そう言いながらも、祐介は胸を撫で下ろしていた。事後承諾に等しいとはいえ、一応、家族の同意は得られたのだから。それですべてが丸く収まると思っているわけではないだろうが。

そして、玲二はやってきた。子どもらしさをいっさい拒絶したかのようなひどく冷めた目をしていた。初めて会ったあの日の彼とは、まるで別人のようだった。

実父の情愛のこもった眼差しにも溶けなかった硬質の美貌は、由美子には毛ほどの関心も示さず、そこに和也を認めて初めて薄く微笑を刷いたのだった。

和也は思わず絶句した。

予想を裏切るその微笑に肩透かしを食らったからではない。玲二を家族の一員として迎え入れたことを後悔したくなるほどに、それは挑発的な冷笑だったからだ。

4　相容れないもの

始まりがなんであったのか、はっきり覚えているわけではない。

ただ、違和感というのは、ささやかな感情のすれ違いとともに少しずつ胸の底に沈んでいくものなのだろう。きっかけがありさえすれば弾《はじ》けてしまう、パンドラの匣《はこ》の中身のように。


高校受験を間近に控えた、ある夜。

最後の追い込みで机に向かう和也《かずや》の背後で、ノックもせずにいきなり入ってきた玲二《れいじ》は、我が物顔でだらりとベッドに寝そべったまま唐突に言った。

「あんた、自分の父親が誰だか知ってる?」

またいつもの絡みかと、和也は振り返りもせずあっさりと答えた。

「興味ない」

無視をするとよけいにしつこく絡んでくるのがいつものパターンだったからだ。

「なんで？」

「不自由したことないから」

とたん、冷笑に近い気配が和也の背中を撫でた。

和也の目は問題集から離れない。二歳年下の、だが、とても中学一年生とは思えない威圧感を滲ませてシニカルに片頬で笑う美貌など好んで見たいものではない。

義父も母も知らないだろう、玲二のこんな顔は。……たぶん。

いや。うすうすは気づいてはいるのだろう。自分たちに対する玲二の無関心ぶりが、単なるツッパリでも反抗的なポーズでもなく、親の思い入れほどに玲二は彼らの庇護《ひご》を必要としてはいないのだと。

玲二にとって『未成年』という言葉《現実》だけが唯一の枷《かせ》なのだ。そこへすんなり収まってしまえるほど玲二の個性は半端ではなかったが。

「あんた、マザコンだろ」

嘲る口調にそれと知れる挑発がこもる。

無口。

無関心。

無表情。

三無主義の権化を地でいく玲二はなぜか、和也と二人っきりになると一転、饒舌《じょうぜつ》な皮肉屋に変貌する。それでも。

「なら、おまえはファザコンだな」


和也の口調に淀《よど》みはない。煽《あお》るつもりはさらさらないが、おとなしく下手に出てやらなければならない義理もない。立場はあくまで対等なのだ。

「俺の場合は薄情な父親とウザすぎる母親の離婚できっちり下地が出来上がってるからな。現実がろくでもなく悲惨だと、過去は美化された幻想になっちまうんだってさ」

まるで他人事《ひとごと》のような口ぶりだった。和也自身『クール』だとか『冷めてる』とかさんざん陰口を叩《たた》かれてきたが、玲二のそれは箍《たが》が外れているように思えた。

初めて出会ったときの、あの痺れるような熱さはどこに消え失せてしまったのか。

なんの否定もなくあっさりと認めてしまうあたり、少なくとも玲二は玲二なりに今の生活に馴染《なじ》みはじめているのかもしれないとかすかに安堵《あんど》した。玲二のために……ではなく、高見《たかみ》家の平穏のために。

束の間の、背中越しの沈黙。

張り詰めた空気は緩む気配がない。

シャーペンを握る和也の手に格別の動揺はなかった。

背後で玲二の気配が揺らいだときも、机上の時計にちらりと目をやっただけで振り向きもしなかった。時間も時間だし、そろそろ自分の部屋に戻る気になったのだろうと。

それはあくまで和也の希望的推測であって。だから、その思惑が外れたとしても別段どうということはなかった。……はずなのだ。

なのに。その外れ方が予想の範疇《はんちゅう》から大きくはみ出してしまうと、とたんに神経過敏になってしまうものなのかもしれない。

冗談か。

嫌がらせか。

それとも、ただの気まぐれなのか。

玲二はまるで背後霊よろしく和也の背中に張り付き、先ほどとは打って変わったようにしごくまともなことを聞いた。

「高校。和泉《いずみ》と春日《かすが》を受けるんだって？」

声は、和也の左頬を掠めるようにゆったりと落ちてきた。

「……あー」

奇妙な居心地悪さに少しだけ口ごもる。

「どっちが本命？」

「和泉」

「なんで？」

「毎朝三十分以上かけてバス通学なんて、したくない。それに私立の進学校なんていろいろ面倒くさそうだから。本番前の度胸試しで充分だろ」

「あの人、がっかりすると思うけど？　やっぱ息子には、いくら金を使ってもいいから自分の出た学校に入ってもらいたい。……ってのが親心ってもんじゃないの？」

実父を『あの人』呼ばわりする時点で、相当に歪んでいる。出会ったときには『俺のお父さん』を主張していたのに、今ではその熱もすっかり冷めてしまったようだ。

「それを言うなら、おまえだろ」

玲二は不意に手を伸ばして参考書をパラパラと捲《めく》り、素っ気なく言った。

「俺は別に、あんたほど期待されてない」

和也は、もう幾度となくもらしてきたため息を口の端で噛み殺した。

結局、どういう言い回しにしろ、話の落ちる先はいつも決まってそこなのだった。僻んでいるとか、拗《す》ねているとか、そういう言葉であっさりケリがついてしまうのならなんの苦労もない。

問題なのは、和也と玲二のどちらがより期待されているか……ではなく、血の濃さは愛情に比例しないと玲二が本気で思い込んでいることなのだった。誰がどうなだめようと、たとえ実父である祐介が切々と心情を訴えたとしても、その一点に関する限り玲二はなんの妥協もする気はないのだろう。

裏を返せば、玲二にとって両親の離婚はそれほど深刻な傷として残った。そういうことなのかもしれない。

　和也は玲二ほど屈折しているわけではない。

　だから、義父に期待されれば素直に嬉《うれ》しい。

　だが、それだって。

「頑張ってね」

　母のなにげない一言には敵《かな》わない。

　血《親子》の絆とは、そういうものだと思っている。それを口にして玲二に思うさま冷笑されてからは、言葉にしたことはないが。

　再び、和也は黙り込んだ。

　玲二はその場を動かない。

　言葉にならない居心地の悪さだけが残った。

　そして。比重の違う沈黙の境で鼓動だけが白々しく時間を刻んでいくかのような錯覚に、和也のほうが先に焦《じ》れた。

「おい。背後霊じゃあるまいし、いつまでそこに突っ立ってんだよ。いいかげん、どけよ。気が散るだろ」

　返ってきたのは思いがけない反撃だった。

　ゴンッ。

鈍い音が衝撃とともに和也の額で弾けた。

いきなり髪をわしづかみにされ、手かげんもなく机に痛打されたのだ。

ずきんずきんと目を刺す痛みで、目の前が真っ暗になる。荒く言葉にならない吐息を噛みしめながら、驚愕は一瞬のうちに憤怒のコロナを噴き上げた。それでもキレる寸前、ふと由美子の顔が思い浮かんで半ば無意識のブレーキがかかった。

「なにすんだ、おまえッ」

息を整え、振り向きざま細く切れ上がるような目で玲二を睨みつけた。

玲二は平然とした澄まし顔で、ぬけぬけと言ってのけた。

「だって、あんた、しぶといから。これくらいはっきり意思表示しないと、ぜんぜんノッてくれないだろ？」

「なんの、だよッ」

「俺が、どんだけあんたを嫌ってるかのだよ」

和也はわずかに目を眇《すが》めた。

むしろ『嫌い』とはっきり宣告されたことで、かえって胸のつかえが取れてすっきりしたような気がした。

「なら、お互いさまってわけだな」

皮肉ではない。それが和也の本音でもあった。

「でもないって。あんたはまだ蚊帳《かや》の外だもんな」

「言いたいことがあるんなら出し惜しみすんなよ。俺はおまえと陰険漫才をやらかす気はないからな」

額はずきずき疼いたが、言いたいことは言ってしまう。これを逃したら玲二の本音を聞く機会もないと思ったからだ。

玲二はゆったりと机の端にもたれ、流し目でもくれるように和也の目を見据《みす》えた。

「俺の母親はバリバリ仕事ができる男のエリート夫人ってのがえらく自慢だったんだ。ママ友の付き合いとか言って、派手な格好で出歩くのが好きで。そのくせ自分の子どもがどこで何をやってるかも知らない無責任な女でさ。自分じゃ話のわかる良妻賢母のつもりだったんだろうけど、あの人が身体をぶっ壊して商社を辞めるってなったとたんメッキがいっぺんに剝がれちまった。プライドだけがやたら高い見栄っ張りなんて、ホント、最低最悪。その点、あんたはいいよなぁ。父親と母親の罵《のの》り合いなんて、見たことも聞いたこともないんだろ？」

皮肉と言うよりはむしろ淡々とした口調だった。

「親なんて身勝手な生き物だから、子どもは何もわからないもんだって頭から決めてかかってんだよ。ついでに言えば、子どもには自分で親を選べる権利もないんだ。産まれてくるときはしょうがないけど、親が身勝手に離婚するときくらい、子どもにも選ぶ権利があってもいいよな？　自分で決めたことなら、その先がどこでどうなってもちゃんとあきらめがつくってもんだろ？　なのに、肝心の俺の気持ちよりも親の都合が優先されるなんて、おかしいだろ」

まぎれもない、それが玲二の本音だったりするのだろう。まるで他人事のような素っ気なさがかえって傷の深さを感じさせた。

「慰謝料やら養育費やらがっぽり搾《しぼ》り取ったあげくに親権振りかざして、今までの無関心がウソみたいに母親の愛情とやらを押しつけてくるのがマジで鬱陶《うっとう》しくて、俺はもううんざりだった。口を開けばヒステリックな愚痴《ぐち》ばっかり垂れ流しやがるんだぞ。俺はあの女の捌《は》け口《ぐち》のサンドバッグじゃないっつーの」

実母を『あの女』呼ばわりにする玲二の声は冷え切っていた。

「子どもは親の苦労なんかちっともわかってくれないなんてほざくくらいなら、当てつけに俺を引き取ったりしなきゃよかったんだよ。だから、人づてにあの人が再婚するらしいって話を聞いてヒステリーが爆発しちまった。もっとも、相手があんたの母親じゃなかったら、あーまで派手にブチ切れたりしなかっただろうけど」

意味ありげに言葉を濁す。

それが玲二の手だとわかっていても無関心ではいられなかった。由美子と祐介が結婚することで、玲二の母親がどうしてそこまでキレてしまうのか。

たっぷりと毒気を含んだ玲二の双眸は、

「……なんで？」

和也がそれを口にすると、冷ややかに艶《つや》を増した。

「あの人とあんたの母親、大学は違うけど同じサークルの仲間だったんだって。知ってた?」

和也は知らない。そんな過去の経緯までは。

「写真があるんだ。いつも決まってあの人のとなりで笑ってる美人の」

「それが俺の母親だって言いたいのか?」

「ピンポ〜ン」

口調は軽いが、和也を見据えた眼差しは揺らぎもしなかった。

「あの女は、昔の恋人同士だって思ってる」

それでも、まだ、和也はその目を見返すだけの自制があった。

「だから、なんだ?」

「あの女が目を吊《つ》り上げてヒステリックにこだわってるのは、その恋人が未婚で子どもを産んでるってことなんだ。あんた、血液型はB型だろ? あの人もBなんだ」

さらりとした口調だった。

『俺とあんたは異母兄弟なのかもしれないぜ』

言外にそんな含みを持たせて。

和也は唖然とした。あまりに突拍子もないことを、まるでそれがさも事実であるかのように告げられて、目を見開いた。

「……おまえ。まさか、俺とおまえが、なんて……本気で思ってるわけ？」

声が掠れた。

玲二は何も答えない。

シニカルに唇を捲り上げただけの沈黙は、どんな意味を孕んでいるのか。

声に出さず、譲らず、ほんの間近で絡み合う視線が互いの存在を際立たせる。先に目を伏せてしまえば事の成り行きが何かとんでもない方向へと振り切ってしまいそうな錯覚に、和也は半ば魅入られたように玲二の黒瞳を凝視したのだった。

5　決裂

　和也《かずや》が大学生になり、玲二《れいじ》が高校二年生に進級した年、高見祐介《たかみゆうすけ》と由美子《ゆみこ》の夫婦は交通事故死した。十何年かぶりにかつてのサークル仲間から懇親会（という名の温泉旅行）の案内状が来て、それに向かう途中の高速道路で起きた玉突き事故に巻き込まれての惨事だった。

　両親が亡くなって以後、まるで箍が外れてしまったかのように玲二の本性が剝き出しになった。

　傲岸不遜《ごうがんふそん》。

　冷然威圧。

　人誑《ひとたら》しのエゴイスト。

　派手に人目を惹《ひ》く美貌はますます磨きがかかり、その言動は和也の手に負えなくなった。

　和也の目には、それが、玲二には玲二なりのルールがあってそれ以外はどうでもいいというような壊れ方に見えた。


そして、二年後。

まだ肌寒さの残る三月。

顔を合わせれば神経がささくれ立つような日々の中、混じることのない水と油が弾けるような不毛な罵り合いから、それは始まった。


「何やってんだ、おまえ」

ノックもせずにいきなり和也の部屋に現れた玲二は、開口一番そう言った。

「見りゃわかるだろ。引っ越しの荷造りをしてるんだよ」

手は休めず、目もやらず、それでも和也は律儀に答えてやった。無視しても、どうせしつこく絡んでくるのが落ちだとわかっていたからだ。

「なんで?」

「おまえの顔を見てるとムカつくからだ」

毛ほどのためらいもなく、きっぱりと言ってのける。口調に淀みがない分、それはストレートに、ある種の重みを持って玲二の頰を打ち据えた。……はずだった。

だが。玲二は和也以上に辛辣《しんらつ》だった。

「たかが恋人《オンナ》を寝取られたくらいで、カッカすんなよ」

和也の手がぴくりと止まった。

情け容赦もなく傷口に塩をなすり込むのは玲二の得意技だ。口調はあくまで冷ややかに、

「別に、俺が誘ったわけじゃない」

エゴ丸出しの台詞に痺れるような毒を込め、和也の喉を締め上げた。

和也はわずかに唇の端を歪めただけで、また黙々と荷造りをはじめた。

カッとして口を開けば泥沼に片足を突っ込んでしまう。わかりきった結末ならば、見たくもない。

ここまでこじれてしまったら、よけいな神経はすり減らしたくない。それが和也の偽りのない本音だった。

「麻美《あさみ》のためにこの家から出て行くつもりなのか？」

「そのほうが、お互いせいせいするだろうが」

高見の家を出る。

今回のことが直接のきっかけではないにしろ、津村《つむら》麻美のことは単なる口実では済ませられないほどのリアルな痛みだった。

実際、もっと早くにこの家を出て行くべきだった。両親が亡くなった時点で、変な仏心など起こさずにしがらみはさっさと切り捨てるべきであった。そうすれば、ここまで虚仮《こけ》にされることはなかっただろう。

「せいせいしたがってるのは、おまえだけだろ。俺に何もかも押しつけて自分ひとり楽をしようなんて、そうはいかないからな」

「なら、おまえが出て行くか？　俺はどっちでも構わない」

「嫌だね。おまえは俺の保護者代わりになってんだ。通夜のとき、親戚連中の前ではっきりそう言ったよな。今更ケツをまくろうったって、そうはいかないからな」

「誰が、だ。父さんのいる家が俺の家《ウチ》だ……とかなんとか嘘泣《うそな》きしやがって」

本当に演技賞ものだった。常日頃の言動を見れば、父親が死んで悲しみに暮れる息子という役ができるはずもないのだが、必要ならば涙腺も都合よく緩むらしい。

「おふくろさんなんか、保険金目当ての人でなし呼ばわりされてその場で卒倒しそうだっただろうが。あんなときに平気であゝいうことを言うおまえのほうが、よっぽど極悪非道の悪役だろ」

なにしろ強烈だった。実の息子に完膚《かんぷ》なきまでにボロクソにこき下ろされた玲二の母親に、思わず同情したくなるほどだった。

実際の話、金に困っていたのは事実だったようで。高見の両親が亡くなった通夜の席で、気持ち悪いほどの猫なで声で『可哀想な玲君。うちに帰っていらっしゃい』などと露骨に擦り寄ってこられて腹が立ったのはわかるが。非の打ち所がない美少年の口から吐き出される容赦のない毒舌の辛辣さときたら、それはもう鳥肌ものだった。

「あれでみんなビビり上がって、おまえみたいな捻《ひね》くれたガキの世話なんかしたくもない連中はみんな、俺の手を握って『よろしく』を連発していきやがったんだぞ。好きで貧乏くじを引いたわけじゃないッ」

段ボールに本を詰めながら、吐き捨てた。

「本当のことをいって何が悪い？　もしもあの女が言うように本気で俺のことを思っているのなら、あれくらいのことでトンズラするわけないだろ。俺はもう小学生のガキじゃない。それをはっきりわからせてやっただけだ。だから、おまえも最後まで責任を持てよな」

あまりに平然とした口調が無性に癇に障り、手にした本を玲二に投げつけた。

玲二は避けもしなかった。

「俺はな、玲二。こんりんざい、おまえの面なんか見たくないんだよ。いいかげん、うんざりなんだよ。だから、出て行くんだ。邪魔だ。そこ、どけッ」

机に腰掛けた玲二の肩を小突いて追い払うと、引き出しの中を漁《あさ》る。

いるもの。

いらないもの。

荷物は最小限必要なものだけと決めた。多少の愛着はあっても、あとは思い切りよくゴミ箱に捨てた。

玲二はそれをじっと見ていた。

もう、何も話すことはない。和也はそう思った。ケリはついたのだと。

だから、玲二が耳慣れた口調で、

「そんなの、俺は認めないからな」

ぼそりとつぶやいたときも、

(今更、何を言ってやがんだ)

くらいにしか思わなかった。話を蒸し返すつもりなどさらさらなかったし、これ以上、玲二がこねくり回す屁理屈《へりくつ》など聞く気にもならなかった。

「聞いてんのかよ、和也」

「聞こえねーよ」

「ンじゃ、よく聞こえるようにしてやる」

言うなり、和也の手からスナップ写真をもぎ取り、叩きつけるように引き出しに戻すと力任せに机の中にねじ込んだ。

和也が憤然と玲二を睨み上げた。

睨《ね》めつける視線の高さを、和也は改めて意識した。

初めて出会ったとき、険を孕んで和也を見上げたのは玲二のほうだった。

そして、あの日。

『俺とあんたは異母兄弟なのかもしれないぜ』

言葉には出さずに、冷ややかな毒を込めて見つめる玲二の双眸は同じ目の高さにあった。

あれから六年。視線は常に上から落ちてきた。徐々に高く、きつく、凛冽《りんれつ》に。

変貌したのは目の高さだけではない。一見頼りなげな優男であった義父に反発してみせるかのように、玲二は、シャム猫からサーベルタイガーもどきへと鮮やかに変容した。

ただデカいだけならばまだ可愛げもあっただろうが、体格的にもシビアな毒舌ぶりでも何ら遜色《そんしょく》のない高見の従兄弟《いとこ》である久住高志《くずみたかし》をして、

『玲二の半径一メートル以内は確実に体感温度が下がるからな。夏場はともかく、冬はなるべく離れていたいよな』

などと、冗談めかしに言われるほどの酷薄さだった。

もっとも。和也にとってはそれが日常茶飯事のことであり、嫌でも慣れてしまったという免疫性があるため、たとえ玲二がメガトン級のガンを飛ばしてこようが、眉をひそめることはあってもそれでビビり上がるようなことなどまずなかった。

体格差はどうにもしがたかったが、それは気の持ちようで充分補える。そう、和也は信じていた。実際、和也はそうやって玲二と渡り合ってきたのだから。

「おまえ、勝手に何でもひとりで決めるんじゃねぇよ」

玲二が凄《すご》みをきかせて胸ぐらを摑んできたとき。

「さんざん好き勝手にやってきたのはおまえだろうが。今更、柄にもなく年下ヅラすんな」

その手を叩き落とすだけの余裕があった。

「俺は、離れてなんかやらないからな」

低くトーンを絞って玲二が恫喝《どうかつ》する。

「兄弟は一緒にいるべきなんだ。……だろう？」

唇の端をわずかに吊り上げ、うっそりと玲二が嗤《わら》う。

「たかが紙切れ一枚に、なんの価値があるって言うんだよ」

負けじと和也がせせら笑う。

「おまえが何をどうこだわっていようと、俺にはただの紙切れさ」

それでも。

「なら、教えてやるよ。たかが紙切れ一枚の重みってやつをな」

玲二の酷薄な微笑は崩れない。紡ぎ出される言葉が孕む剣呑《けんのん》さは凍てついた黒瞳よりも更に冷たかった。

けれども。まだ、和也の双眸には覇気《はき》があった。玲二を見据えたまま譲らず、惑わず、流されない。そんな覚悟があった。

互いの眼底を貫くような鋭利な沈黙。

ささくれ立つのは胸の鼓動か。

……喉の渇きか。

それとも、揺らぎもしない時日なのか。

視界は張り詰めたまま切れない。

そうして。玲二が先にそれを弾いた。ゆうるりと、和也の傷を掻《か》き毟《むし》るような辛辣さで。

「結局、おまえは逃げ出すんだ、俺から。尻尾《しっぽ》を巻いてな。なんでもかんでも俺のせいだって言うのかよ。麻美はな、バックからヤるのが好きなんだ。ただキスをするより。乳首を噛んで吸ってやるともっと喜ぶ。知ってたか、おまえ。要するに、自分の女ひとり満足させられなかったってことだろうが。ちゃちなプライドにしがみついたまま俺に八つ当たりをするんじゃねえよ。女にだってヤリたくてたまらないときがあるんだ。そんなこともわからないでただ独り善がりにやってるだけだから、麻美に捨てられてしまうんだよ」

刹那《せつな》、玲二の頬が鳴った。

切れ上がった和也の双眸は熱くうねっている。

玲二は平然としたものだった。仕掛けた罠と知りながら、あまりにもツボに嵌まりきった律儀さで応えてくれた和也がいじらしくて、内心、苦笑のひとつももらしたかったに違いない。

喧嘩は先に手を出したほうが悪いと相場は決まっているのだ。たとえ、振り上げた拳にどれほど切実な理由が込められていたとしても。

挑発。

冷笑。

毒舌。

玲二は常に一歩引いて、和也の首をねっとり締め上げてきた。だが、その体格に見合った、純然たる力を誇示して見せたことなどただの一度もなかった。……今までは。

きっかけを欲していたのは、どちらなのか。

和也にとって、それは、しがらみを切って捨てるためのケジメであった。それが何よりも堅固なものだと知ったとき、玲二は即座に腹を据えたのだろう。あとはきっかけを切るタイミングだけなのだと。

次の瞬間、頭の芯までぶれるような平手打ちの返礼をくらったとき、痛みよりも先に驚愕が和也の脳を灼いたのだった。

大きく傾《かし》いだ身体がアンバランスに宙を泳ぐ。

不様に足下が崩れていく。

それを狙《ねら》い澄ましたような素早さで和也の襟首を掴み、玲二は左の脇腹を抉った。

「……ッ！」

和也の双眸が引き攣るように見開き、ゆがみ、間髪を容れずに膝《ひざ》から崩れ落ちた。

そのままだらしなく伸びてしまう前に、玲二が手荒くベッドに引きずり上げた。

初めて味わう暴力の恐怖に、和也は身体をくの字に折り曲げてひたすら呻《うめ》き続けた。

熱く肉が抉られるような激痛に胃がねじくれて腸壁が軋《きし》む。息苦しいまでに肥大した鼓動は顎《あご》を砕いて今にも口からはみ出してしまいそうだった。

毛穴という毛穴から、どっと脂汗が滲み出る。

覚えのない痛みにどう対処していいのかもわからず、筋という筋が癇癪《かんしゃく》を起こし、そこら中で脳天をわしづかみにするような不協和音を弾き出すのだった。

荒れて、荒れて、狂いまくる拍動。

視界は醜く歪んでよじれ、ときおりすっと意識が途切れそうになる。

そのとたん、肉を削《そ》ぎ、骨を断つような激痛が容赦なくこめかみを蹴《け》りつけるのだった。

見えるのは眼底を刺し貫く熱い痛みだけ。

聞こえるのは血を噴き上げるような脈動だけ。

頭の芯はふつふつと煮え滾っているかのようだった。

それでも。流れる脂汗にプライドの一端を舐め取られる屈辱に、和也は無理やりにでも双眸をこじ開けずにはいられなかった。

モヤった視界の真ん中に玲二がいる。

「おまえが悪いんだ、和也。変に粋がって俺を煽ったりするから、こういう目に遭うんだ」

ゆるゆると玲二の声が沁《し》みた。

魅入られるように、視点がそこに寄せられていく。

「おまえ、高をくくってただろ。強気で押しまくれば俺とタメを張れるって。けどな、おまえがいくら歯軋りしたってどうにもならないガタイの差ってのがあるんだ。横っ面を叩かれただけじゃわかんないだろ？　だから教えてやるよ、俺が。力でねじ伏せられるのがどれだけ惨めったらしいことかをな」

真上から落ちてくる声は、不思議なほど穏やかだった。毒気もなく、嫌味じみた嘲笑《ちょうしょう》もこもらない。ただ、寒気を覚えるほど冷ややかだった。

ましてや、その言葉が孕む剣呑さは熱く潤んだ和也の双眸を射竦めてなお余りあった。

玲二がゆったりと和也の顎を摑んだ。

こくりと、和也の喉が鳴る。

そのままじっとしていられないような切羽詰まった胸苦しさに駆られて、和也は腕を振り上げた。

がつんッ。

拳が玲二の下顎にヒットした。顔を歪め、玲二が呻く。

和也はとっさに身体を捩《ねじ》った。とたんに脇腹が灼けつき、思わず唇を引き攣らせてシーツにしがみついた。

玲二は顔をしかめたまま指で唇をなぞった。ぬるりとしたそれが血だと知り、かすかに片眉が跳ねる。

もう一度、今度は手の甲で唇の血を拭《ぬぐ》った玲二は、脇腹の痛みを庇《かば》うようにぎくしゃくとベッドを這《は》う和也の右足首を摑み、引きずり、力まかせに引っくり返した。

「いっ、ぅ〜〜ッ！」

嚙み殺しきれない悲鳴が和也の口を割った。

玲二は容赦なかった。反射的に膝を抱え込んで激痛を和らげようとする和也の髪を摑んで頭をベッドに縫い付けると、馬乗りになり、続けざまに頰を張り飛ばした。

ショックで、和也はもうろうと意識を飛ばしかけている。

玲二は念を押すように、もう一度殴りつけた。

ぐったり、和也の意識が落ちる。

玲二は額に落ちかかる前髪をうるさげに搔き上げると、ひとつ小さく息をついて手早く服を脱いだ。

上半身があらわになる。和也がぴくりともしないのを目で確かめてからベッドを降り、ためらいもなくすべてを脱ぎ捨てた。

しなやかな、張りのある裸形だった。それが十代の特権と言うよりはむしろ、若さはそれだけで充分傲慢なのだと思わせるような。

玲二はベッドの端に腰掛け、無造作に和也のセーターをたくし上げた。シャツのボタンを外し、ジーンズを緩める。どんなに手荒に扱っても和也は為《な》すがままだった。そうやって下着ごと一気にずり下ろすと床に放り投げた。

贅肉とは無縁なほどよく締まった男の身体がそこにある。ベッド代わりに重ねてきた女の柔らかな身体とは明らかに違う姿態。その違いを確かめるように指でゆっくりとなぞっていく。

喉を………。

胸を………。

腹を………。

そうすることに些《いささ》かのためらいも嫌悪も感じない自分自身を、玲二ははっきりと確認したかったのかもしれない。

「たかが紙切れ一枚の重みがどれほどのもんか、たっぷり思い知らせてやる」

うっそりとつぶやいて和也の左膝をすくい上げると、ことさらゆっくりと覆い被さった。

………。

…………。

そのとき、和也は。痛点をゆるゆると刺し貫かれるような痛みに意識ごと揺さぶられ、しなった弦が切れて跳ね上がるように闇から転げ落ちた。

煌々《こうこう》としたまぶしさが、まず目に沁みた。

思わず顔を背けようとして、ふと気づく。思い通りにはならない身体の重さに。

そして——知る。不自由な重苦しさがなんであるのかを。

しかし、知覚したことがすぐさま理解できるとは限らない。まして、それが、常識外の悪夢としか思えないような現実であればなおのこと。

がっちり押さえ込まれて身動きも取れない窮境。

ひりつくような痛みが錯覚でないと知ったとき、和也はしばし呆然《ぼうぜん》と四肢を硬直させた。

理性が惑乱するよりも先に、男としての矜持《きようじ》がそれを拒絶する。

淫猥《いんわい》なポーズを取らされていることへの屈辱感ではない。蒸れてこすれ合う鼓動が煽る生理的嫌悪でもない。和也がなりふり構わず峻拒《しゆんきよ》したかったのは、体内でねっとりと蠢《うごめ》く異物感。ただそれだけであった。

直腸壁に沈んだ玲二の指が、うねりをきかせて羞恥心《しゆうちしん》を根こそぎ抉り、鋭利な痛みだけを取り残す。

「や、めッ………」

ありったけの声を絞り出して叫んだつもりだった。

だが、小刻みに震える口からこぼれ落ちたのは覇気の欠片もない、ただの弱々しい掠れ声であった。

信じられなかった。

信じたくなかった。

玲二がなぜこんなことをするのか、理解できなかった。

悪夢めいた現実は際限なく理性を貪《むさぼ》り食ってしまう。

膨《ふく》れ上がった血潮の中を、わけのわからない怖じ気《おけ》が走る。

逆に、玲二の指は更に明確な意思を持って前後左右に揺れはじめた。

小刻みに。

きつく。

——深々と。

そして、二本目は、そこをこじ開けるようにいきなりねじ込まれた。

「ひッ！」

引き攣る鼓動の、思いがけない脆《もろ》さ。

混じりけのない恐怖が和也の喉を灼いた。

「や……め……。れ…ぃ……つじ……やッ……」

四肢はおろか、震えのきた舌先まで硬直させて、和也は哀願した。

それは制止でも叱責《しっせき》でもなく、ただの哀願なのだった。

目に見える恫喝ならば耐える術《すべ》もある。暴力に肉体は屈しても、プライドは腐らない。

だが、今。和也の首を締め上げているのは、どこにもすがりつけずに落ちていくような怖じ気だけだった。

束縛されたまま、与えられる刺激をただ闇雲に追うだけの感覚は不気味で、底が知れない。神経が先に参ってしまう。それが男としての矜恃を食い荒らす痛みであればなおのこと。

和也が和也であるための自尊心。

玲二はたった二本の指だけで確実に削り取っていく。

ピリピリと染み入る痛みは、すでにそこが切れているのだという自覚となって怯《おび》えを誘い、更に和也を呪縛した。ほんの少しでも抗《あらが》ったりしたら、裂け目は深々と、一気に身体の最奥まで抉ってしまうのではないかと。

咥《くわ》え込まされた二本の指はまるで容赦がなかった。

後蕾《こうらい》の窄《すぼ》まりを拗るように押し広げられていく鋭痛は、じくじくと疼いた。

「くっ……うううッ」

隙間《すきま》なくねっとりと絡みつく腸襞の感触を確かめるように、指の腹で何度も擦《こす》り上げられる悪寒に、

「——いっ……あ………や、めッ…………」

うぶ毛の先までそそけ立った。

なのに。

玲二はこともなげに言うのだ。

「情けない声を出すなよ。まだ指が二本入っただけだろうが」

冷たく嘲笑《あざわら》うように。

「いつもの強気はどこに行ったんだよ」

和也の怖じ気を煽るように囁く。

「こんくらいのことでヒーヒーわめいてんじゃねぇよ」

ひどく淫《みだ》らな声で。

「俺のはもっと、ずっと……デカいぜ」

不様なほどに身も心も強張《こわば》らせたまま、和也は密着した太股《ふともも》に玲二の熱い昂ぶりを感じてギョッと目を見開いた。

固く痼《しこ》ったものを誇示するように押しつけたまま、ゆったりと玲二がずり上がる。

和也は思わず身震いをした。

気息は互いの唇を搦《から》め捕るほどに近い。

和也を見据える玲二の黒瞳にはひとかけらの熱もなかった。冴《さ》え冴《ざ》えと、いっそ酷なまでに感情を抑えた両の目が視界いっぱいに広がり、骨の髄まで和也を竦み上がらせた。

セックスは愛情に直結しない。玲二はそう公言している。

生殖は本能であっても快楽とは限らない。まさに、今、和也がそれを実体験していた。

情欲に流されてすぐにブチ切れるほど理性は脆くはないが、性欲が自制心を食いちぎってしまうことだってある。一人で済ませる味気なさに比べれば、得られる快感はやはり段違いであった。

けれども。身体を重ねることで得られる悦楽は、愛情という大義名分があるからこその欲念ではないのか。

同意のない性交は人間の尊厳を侵す凶器でしかない。その象徴とも言うべきそれを後蕾に突き立てられて、和也は血の気が引いていく思いがした。

「よ……せッ」

哀願の言葉すらさせてくれなかった、そのとき。凶器は、ずぶりと、和也の中へとめり込んだ。

「ひっぃぃぃぃッ！」

信じがたい質量感に喉がひりつき、悲鳴も半ば掠れ上がった。

ごく普通にそれを入れる快感しか知らない和也にとって、拒絶を力でねじ伏せるように押し入ってくるその異物感は許容外の恐怖しかもたらさなかった。

――痛い。

「いっ……あぁぁぁ〜〜〜ッ」

――破れる。

「れ、い…………ひぁッ！」

――壊れる。

「ぐっ……ぅ〜〜〜！」

息が詰まって頭の中がハレーションを起こす。

和也の肩を抱き込んで力まかせに玲二が突き上げる。そのたびに凶器は内臓を食いちぎり、骨を噛み砕かんばかりに脳天を揺さぶるのだった。

何度も。

何度も…………。

膨れ上がった鼓動が思うさま喉を締め付ける。限界をはるかに超えた痛みはそれだけで耐えがたいほどなのに、薄れゆく意識は、掻き消えてしまう寸前、その激痛に引きずられてリアルに悪夢を再現する。

くり返し。

…………くり返し。

玲二のすべてを隙間なく深々と咥え込んだまま、為す術もなく和也の身体が痙攣《けいれん》する。

もはや、呻き声さえもれない。顔色はそれと知れるほどの青白さだった。

それでも、玲二はひるまなかった。いや、抑えが利かなくなってしまったと言うべきか。

自分が与える衝撃がどれほどのものか。きつく締め付けてくる内襞の狂乱ぶりを直《じか》に感じながら、その一方で、目まぐるしいほどの快感に自制心を貪り食われてしまいそうな気がした。

じわじわと背骨をとろかすような熱いしびれが劣情を灼いていく。そのときにはもう、和也を食らい尽くすこと以外なんの興味もなくなっていた。
抽挿《ちゅうそう》はきつく繰り返される。奥の奥まで抉るように。
そのたびに和也の肢体がぎこちなく跳ねた。まるで意思を持たない人形《マリオネット》のように。
和也と玲二の狂夜はそうやって始まり、堕《お》ちていった。

6　深夜の密談

新月の夜。

午前三時を過ぎた住宅街はどこもかしこもひっそりと静まり返っていた。

黒々とした闇夜を照らし出すのは防犯用の街灯だけ。何もかもが深い眠りに沈んだ中、高見《たかみ》家では二人の男が重苦しい雰囲気を醸し出していた。

「──で？　玲二《れいじ》。おまえは、何を、どうしたいんだ？」

十畳ほどのリビングルーム。後ろ手にドアを閉めるなり、久住高志《くずみたかし》はつとめて平静に、だが胸にしこる苦々しさまでは嚙《か》み殺しきれなかったような低い声で言った。

返事は、ない。

問われた当の相手──高志の従兄弟《いとこ》である高見玲二は、ダーク・グレイの革張りソファーにずっしりと長身を沈めたまま、ふてぶてしくも平然とした顔で高志を見やった。

（……ッたく、どういう神経をしてやがんだよ。こいつは）

若々しく、冴え冴《さざ》えとした美貌《びぼう》だった。

鋭く切れ上がった双眸《そうぼう》は黒々として、冷淡。脆弱《ぜいじゃく》な甘さを排した口元はいっそ酷薄なまでに小気味よく。不遜《ふそん》な態度すらも麝香《じゃこう》となり得る上質の美を思わせた。しなるようなストイックさに蠱惑《こわく》の紗《しゃ》が絡んだような、何とも言いがたい魅力があった。醸し出すのは圧倒的な個性。それも優しさとは無縁の、毛穴が芯《しん》から引き締まるような抗《あらが》いがたい美の呪縛《じゅばく》だった。

色合いの違う沈黙がふたつ。

——重い。そう感じているのは、たぶん自分だけなのだろうと思いつつ、高志は深々とため息をついた。

適度な毒をまぶしたジョークとエスプリの利いた快活さ。それが高志の身上である。しかし、眼底にこびりついたものがどうにも重苦しくて、目線は知らず知らずのうちに足元に落ちてしまうのだった。

「……らしくないじゃないか」

さんざん探しあぐねた言葉も、口を衝《つ》いてしまえば月並みな台詞《せりふ》にしかならない。らしくないという自覚なら、むしろ高志のほうがはるかに勝っていた。

それを見透かしたかのように、玲二がゆったりと口を開いた。

「こういう成り行きは、さすがのおまえでもショックなわけ?」

自嘲《じちょう》の色もなければ、皮肉もこもらない。しごくまともに、平然と玲二は言った。

「当たり前だろうが。あんなズタボロになるまでメチャクチャやりやがって」

半ば吐き捨てるように口にして高志はゆるりと目線を上げた。

§　§　§

真夜中。高志は熟睡中だった。

と、突然、ベッドサイドのテーブルに置いてあったスマホが鳴った。

半分寝ぼけ眼のままで、ごそごそと手を伸ばした。着信表示は『高見家』だった。

(誰？　和也《かずや》？　……夜中の二時になんだよ、もう)

不機嫌に毒づきながら高志は通話をＯＮにした。

「もしもしッ？」

『玲二だけど』

驚いた。てっきり和也だと思っていたら、予想外の玲二だった。

それで着信表示が『高見和也《携帯ナンバー》』ではなく高見の家電だったことに思い当たった。玲二はめったに電話などかけてこない。それが、なぜ？　それでも、夜中に叩《たた》き起こされたことへのムカつきが勝った。

「なんだよ、おまえ。今、何時だかわかってんのか？」

超不機嫌に言い放つ。

『ヤっちまった』

相変わらずの不遜丸出しで玲二が言った。

「はぁ？　何を？」

投げやりに返すと。

『だから、和也を』

その名前を告げられて、半覚醒《はんかくせい》の脳みそがぐらりと揺れた。

「なん……だってぇ？」

声も思わず裏返った。

『和也がいきなり高見の家を出て行くってブチ上げたから殴り合いになって、ついでのオマケで強姦《ごうかん》しちまった』

その平然とした口調にさすがの高志も切れそうになった。

「ばっかやろーッ。何考えてんだ、おまえッ。血は繋《つな》がってなくても、あいつはおまえの兄貴だろうがッ」

『だから？』

（だから？　……って、なんだよッ？）

思わず奥歯が軋《きし》んだ。

「いいッ。話はあとだ。すぐにいくから待ってろ！」

それだけ言い捨てて通話をブチ切った。

（あの、ド阿呆《あほう》が。白々しいセリフを吐きやがってぇ〜〜）

高志と玲二は従兄弟である。高志の母親が玲二の父親の姉であった。だから、玲二の実父が再婚した相手の連れ子である和也との血縁関係はない。ないが、同じ年齢……大学三年生ということもあり、傲岸《ごうがん》不遜のトラブルメーカーの玲二よりも和也のほうにより親しみを感じていた。

（普段は俺が何を言っても無視しやがるくせに、こういうときだけ電話をかけてきやがってぇ。あのクソッタレが！）

内心の毒口が止まらない。苛《いら》ついて、ムカついて、高志は大急ぎで着替えて救急箱を引《ひ》っ摑《つか》むと愛車のキーを持って自宅を出た。

§　§　§

大学生になってから高志は実家を出て１ＬＤＫのアパート暮らしをしている。そこから車で約三十分、深夜道をすっ飛ばして高見の家にやってきた。そこで目にしたものがタチの悪い冗談ではなく胸糞《むなくそ》が悪くなるような現実だと思い知らされたとき、高志は暗澹《あんたん》たる思いに立ち竦《すく》んでしまったのだった。

言いたいことはいろいろあったが、とりあえず、ありったけの理性を掻《か》き集めて冷静を装うと和也への応急処置を優先した。そのあと、リビングに戻ってきた高志は。

「どういうつもりなんだ、おまえ」

二重の意味を込めて問いかけた。

事の発端と。わざわざ名指しで呼びつけられたことの意味。

幸か不幸か、玲二の性格ならば、ほかの誰よりも正確に把握しているという自覚が高志にはあった。あれを見せつけられるまでは。

玲二の端正な美貌には見栄も建て前もない。歯に衣《きぬ》を着せぬ言動はきっちりと鋼の芯が通っており、ましてや世間並みの『モラル』や『常識』などなんの足枷《あしかせ》にもならなかった。

傲慢無礼が誰よりも似合う男。

言葉にすれば陳腐きわまりないが、理想的なモデル体型と破格な美貌を持つ玲二は何もかもが規格外だった。自己中心的なナルシストよりも更にタチが悪い氷結の毒薔薇《ばら》である。

一滴の甘い蜜も垂れ流していないにもかかわらず、悩殺される者があとを絶たない。

そういう煩《わずら》わしさもあってか、玲二の対人スキルは一貫して完璧《かんぺき》なまでの無関心だった。

なのに。いったい、あれはなんなのだ。

「先に手を出したのは和也のほうだ」

「よっく言うぜ。どうせ、何もかも計算尽くでおまえがそういうふうに仕向けたんだろうが」

玲二への憤りと、わけのわからない喪失感。それらが反発しては絡み合い、高志の鼓動をじっとりと締め上げた。

高見の血筋なのか高志は玲二と遜色ない体格をしている。二人が並ぶとけっこう威圧感があった。ただし性格も顔つきも正反対で、少々癖毛ぎみの高志のほうがはるかに柔和に見えた。

その高志が今は激憤していた。

「誰かれ見境なしにガッつくほど、たまってたわけじゃないんだろ？　それとも——マジで、あいつをブッ壊してしまいたかったのか？」

玲二は無言だった。

言葉に詰まって黙り込む。そんなしおらしさなど端《はな》から期待してはいなかったが、痼《しこ》った胸のつかえは重すぎて吐き気がしそうだった。

「おまえ、もう、いいかげんにしろよ。さんざん好き勝手にやってきただろうが。あいつをあそこまでいたぶって何がおもしろいんだ」

「別に、いたぶってやしないぜ。俺はただ自己主張してるだけさ」

眉《まゆ》ひとつひそめるでなく、玲二はぬけぬけと言ってのけた。

「あれの、どこがだッ」

トーンが怒気を孕《はら》み、すとんと抜けた。

どこからどう見ても、最低凶悪な冷血漢に強姦されたとしか思えない無残な形で、和也は精も根も尽き果てたかのようにぐったりと失神していた。

たとえそれが青天の霹靂《へきれき》であったとしても、男に力でねじ伏せられる屈辱を和也がやすやすと受け入れるはずがない。顔といわず身体といわず、こびりついた青アザの数がそれを証明していた。

せめて体格が互角であったなら、こうまで悲惨なことにはならなかっただろう。

……いや。そうでありさえすれば、玲二だって、和也を強姦するなどというバカげた妄想に陥るはずがない。

それを思うと、今更のように歯噛みせずにはいられない。質の違いはあれ、とんでもなく扱いにくい義弟《玲二》を年相応に扱えるつわものは高志のほかには和也ひとりであったのだから。

玲二の、義兄《和也》に対する心情の屈折率がどれほどのものか、本当のところは高志にもわからない。しかし、冷たく痺《しび》れるような我意は確かに存在してはいたのだ。和也がかなりの自制心でもって黙殺してきただけのことで。

高志は知っている。ほとんど八つ当たりとしか思えない玲二のトラウマも、そして、あえてそれを無視することでよけいな波風を立てまいとする和也側の事情とやらも。

知ってはいても立ち入れない、もどかしさ。その自覚があったからこそ、高志は常に傍観者であらねばならなかった。

なのに、ここへ来て突然、なんの前ぶれもなく玲二は高志を引きずり込んでしまった。有無を言わせず、しかも最悪の形で。

その真意はどこにあるのか。

知る権利があるはずだと高志は思った。このままわけもわからず玲二の都合のいいように振り回されるのは真っ平だった。高志のプライドが許さなかった。

「あいつが、そんなに憎らしいのか?」

再婚相手の連れ子だというのに、高見の叔父は実子と変わりなく……いや、もしかしたら玲二以上に和也を可愛《かわい》がっていたかもしれない。高見の叔父が和也を見つめる目はどこまでも優しかった。

玲二は口の端だけでシニカルに笑った。

「同じことを言ったぜ、和也も」

……だろうとも。和也は義父《高見の叔父》の想いをきちんと自覚していたはずだから。

「今更だよな。親父も和也の母親も交通事故で二人一緒に仲良くたばっちまったんだ。あいつひとりだけカヤの外ってわけにはいかないさ」

「モノは言いようだな。それで、おまえのやったことがチャラになるとでも思ってんのか」

互いを映す瞳の中で、その瞬間、水に張った薄氷にヒビが入るように沈黙が弾《はじ》けた。

「どうして、おれを呼んだりしたんだ。自分から弱みを曝《さら》け出すなんて、いつものおまえらしくないじゃないか」

「何もかも計算ずくでこうなっちまったわけじゃねぇよ。ただ、おまえなら、くどくど説明しなくったってやるべきことはきっちりやってくれるだろうって思っただけさ。病院を継ぐ気はなくても、応急処置ぐらいお手のモンだろ？」

「やっちまったことは最低最悪でも、さすがに後味が悪いってか？　ますますおまえらしくないじゃないか。今更、おれに下手な詭弁《きべん》なんか使うなよ。おれはな、猿回しのサルになる気はないんだ」

　玲二は動揺の素振りすら見せず、思いのほかしなやかに立ち上がるとサイドボードからウィスキーを取り出した。

「付き合えよ。一杯くらい、どうってことないだろ？」

「俺に飲酒運転させる気かよ」

「泊まればいいだろ。時間も時間だし。部屋なら余ってる」

　玲二が慣れたしぐさで水割りを作り、簡単な肴《さかな》を並べていく。料理などしたことがないエゴイストのくせに、どうしてそういうことには手慣れているのか。

　高志は露骨に顔をしかめてどっかりとソファーにもたれた。このまま玲二の誘いに乗るのは癪《しゃく》だが、正直、酒でも飲まなければやっていられない気分だった。

　そうやって改めて向き合ったとき、玲二は本性丸出しの眼差《まなざ》しで高志を射た。

「……で？　おまえは俺たちの何が知りたいわけ？」

頭の芯がかすかに疼《うず》く。好奇心を過ぎるとろくなことにはならない。理性はひっきりなしに耳元で囁《ささや》く。その自覚を口にしたアルコールごとゆっくりと呑《の》み込んだ。

「ただで好奇心を満たしてやるほど甘くはないってか。そういう奴だよな、おまえは。こういうブッ飛んだやり口は常識人のおれには刺激が強すぎて、マジで血が沸騰しちまったからな。コロッと忘れてたぜ、ホント」

自分から告白する気など更々ないのだろう。

だが、聞きたいのならあえて拒みはしないのだと嘯《うそぶ》いてみせる。ただし、リスクを承知で共有する度胸があるのならと。

（ホントにこいつは根性がねじ曲がってるよな）

つくづくそう思う。

（こういう真性のドSと義兄弟になっちまった和也に心底同情するぜ）

今更のように本音が内心でこぼれる。

「サルになりたくないって言ったのは、高志、おまえだろ？　俺はどっちでもかまやしないんだぜ？」

玲二は唇の端をゆうるりと吊《つ》り上げた。

7　不快な訪問者

九月も半ばに差しかかるその日。午後十一時を過ぎても、夜はまだ熱気に喘《あえ》いでいた。

土埃《つちぼこり》のしないアスファルトはムッとするほどの地熱を抱き込んだまま、しつこく闇にまとわりついていた。

残暑と呼ぶには酷な不快さがねっとりと肌を舐《な》め上げる。夜道を蒼白《あおじろ》く映す月の光さえ、なんだか変に歪《ゆが》んで見えた。

街路から外れた狭い道に人影はない。静まり返った路地を慣れた足取りで歩きながら、和也《かずや》は半ば無意識の舌打ちをもらした。バイト疲れの身に熱帯夜はたまらない不快さだった。

Tシャツはべっとりと身体に貼りついて気持ち悪いし、日頃はさして感じない体臭にむせ返るような気がして胸糞が悪くなるのだった。

足が重い。

鉛をつめた靴を引きずって歩いているような錯覚に、ふと足が止まりそうになる。ようやくアパートに帰りついたときには、意味もなくため息が口をついて出た。

独身者専用の１ＤＫの二階建アパートである。人の入れ替わりが激しいため隣人との付き合いはほとんどない。たとえ隣室で息を潜めているのが変質者であろうと、逃亡中の殺人犯であろうと、我が身に難が及ばない限りプライバシーは尊重する。そんな無関心さは今どき珍しくもなかった。

和也はゆっくり階段を上がった。

だが、暗がりの中にゆらりと動く人影を認めたとたん、思わず身構えた。

カツン、カツン、カツン………。

ハイヒール特有の甲高い音がした。廊下を照らす鈍い明かりの中、おぼろげな影はそれがはっきりとした形を取る前に口を開いた。

「遅いのね。いつも、こんな時間までバイトなの？」

聞き覚えのある声のトーン。瞬間、和也はうだるような暑さを忘れた。

津村麻美《つむらあさみ》は和也と同級の元カノである。少々小柄ではあるが、今どきの女子大生らしく化粧にも服装にも手を抜かないフェミニンな体型をしていた。

だが、こんな不快な夜に顔を合わせたい相手ではない。

「ごめんなさい、突然押しかけてきて。こうでもしないと会ってもらえないと思って」

声は更に言葉を紡ぐ。苦渋に満ちた過去をゆったりと引き寄せるかのように。

和也は無言だった。驚愕《きょうがく》とは別の不快さが眦《まなじり》を険しくする。

不測の事態。

予定外の再会。

それが何よりも雄弁に和也の胸中を語っていた。

互いを凝視するだけの沈黙は重い。

視線に込められた明確な拒絶。ひしひしとそれが伝わって、麻美は今更のようにきつく紅唇を噛み締めた。

張りつめた時間はどんよりと淀《よど》むだけで、切れない。

足元から闇よりも濃い影がじわりと這《は》い上がってくるような錯覚に、麻美はぎこちなく目を逸らした。

自分からこの沈黙を破ってしまわない限り歩み寄れない。麻美にはそれがわかっていたのだろう。幾分かすれた声で先に口火を切った。

「話があるの、高見《たかみ》君」

おそらくは一縷《いちる》の期待……いや、願望を込めて。

けれど、それはすぐにたわんで行き場を失った。

「話す？　何を？　今更だろ」

そっけないほど冷めきった言葉だった。

それはそれで充分予想できたことなのか、顔色さえ変えず、麻美は唇の端で自嘲ぎみに薄く笑った。

「帰れ。バイトでくたくたなんだ」

「こんなこと言えた義理じゃないけど、そこまで意固地にならなくてもいいんじゃない？　家賃だってバカにならないんでしょう？　大学だってあるのにバイト漬けじゃ、今に身体こわすわよ。あてつけも半年やれば充分だと思うけど」

古傷を故意に抉《えぐ》り出そうとでもするかのようなその言いざまに、和也の眦が細く切れ上がった。忘れ去ったつもりの痛みまでもが一気に逆流した。

（何にもわかっちゃいないくせに、聞いたふうなことぬかすんじゃねーよッ）

言葉にならない罵倒《ばとう》を視線に込めて麻美を睨《にら》みつけた。

気圧《けお》されて麻美がわずかに後ずさる。だが、麻美には麻美なりの切迫した事情というものがあるのか、蒼ざめた双眸は和也に張りついたまま外れなかった。

「じゃまだ。どけ」

行く手を塞《ふさ》ぐ麻美を手荒く押しのけ、部屋の前まで歩いてキーを差し込む。

「わたしね、高見君。玲二《れいじ》が好きよ。わかってもらえないかもしれないけど、冷たくて、綺麗《きれい》で、誰にも媚《こ》びない玲二が好きなの」

………カチャリ。

ドアが開く。

「愛してるのよ。高見君」

「だから、なんだ？　そういうノロケはあいつに言ってやれよ。相手が違うだろ？」

振り向きもせずに吐き捨てる。いいかげん、無意味な押し問答はうんざりだった。

麻美は気づきもしないのだろう。玲二との間にある、どうにも形容しがたい確執がどれほどのものか。

深みで根を張る軋轢《あつれき》。

それゆえの、歪んだ執着。

それがより明確になったのは、麻美を訪ねた――あの日。麻美の部屋のベッドで、まるで見せつけるような激しさで麻美を突き上げる玲二の、ねっとりとした薄ら笑いに身体ごと搦《から》め捕《と》られてしまった、あの瞬間だった。

他人の口は容赦がない。恋人を寝取った男より、恋人を捨てた女より、恋人と義弟の裏切りを見抜けなかった兄を名指し、声をひそめて嘲笑《あざわら》う。


――えー、マジで？

――フツーは気づくでしょ。

――そこまで鈍感だと逆にヤバいよね。

――相手が悪すぎたんじゃね？

――とんだピエロだよな。

——痛すぎて笑えないって。

それで人生を悲観してしまうほど軟弱にできてもいなかったが、他人の痛みすらも軽い冗談にしてしまう人間関係に嫌気がさしてしまったのも、また隠しようのない事実であった。

麻美との付き合いは高校時代のクラスメートという括《くく》りで始まり、なんとなく気が合って、まるでベタなテンプレだが卒業式のあとのクラスの打ち上げで麻美から告白されて恋愛関係になった。

けれども、麻美が玲二とそういう関係になって最後は泥沼になった。

なのに。今更、なんだというのか。

そのまま後ろ手にドアを閉めようとしたそのとき、まるで和也の背中を貫くような切羽詰まった声で麻美が言った。

「子どもができたの」

一瞬、和也は肩先を震わせただけだった。

「産みたいの」

和也は心底げんなりした。バイトで疲れ切った上に汗まみれの身体はじっとりとベタつく。早くシャワーを浴びてすっきりしたいのに、どうして、こんな禅問答に付き合わなければならないのだろうか。

そもそも。麻美は、なぜここに来たのだろう。

どうして、和也にそんなことを告げるのか。

不可解というよりはむしろ無神経きわまりない麻美の言動に、先ほどからの不快感とも相まって怒りもあらわに振り返った。

「帰れよ。俺にはなんの関係もない」

しかし、麻美は引かなかった。

「最近、玲二と会ってないの。電話も繋がらないし。高見君の実家の家にも行ってみたけど、帰ってきてないみたい。どこにいるのかわからないから連絡しようがないのよ」

それはそうだろう。和也の知る限り、今や生活必需品と言っても過言ではないスマートフォンを玲二は持っていない。そういうものには縛られたくない……そうだ。ただの格好付けではなく、本当にそう思っているのがいかにも玲二という気がした。

「高見君、知らない？」

「知ってるわけないだろ」

「でも、兄弟でしょ？　ホントに心当たりない？　ていうか、高見君から玲二に連絡してもらえない？」

そんな身勝手きわまりないことまで口にする麻美に、不快が過ぎて腹が煮えた。

「いいかげんにしろよ。俺が孕ませたわけじゃないんだぜ」

怒りが限界を越えたとき、人は芯から表情を失ってしまうものなのかもしれない。

麻美は喉《のど》を引《ひ》き攣《つ》らせた。

「あいつがどこで何をしようが、俺の知ったことかよ。あいつを捜しに俺のとこに来るヒマがあったら、ガキなんかさっさと堕《お》ろしちまえ。親のスネかじってるだけの女子大生が生意気にガキなんか産んでどうすんだ。世間をナメてんじゃねーよ。だいたい、あいつがまともな親になれるタマか。それとも、何か？　ガキをダシにして十代《年下》のあいつにマジで結婚迫ろうってのか、おまえ。バカ丸出しだろ」

最後の最後、痛烈な皮肉でもって麻美の横っ面を張り倒し、和也は蒼ざめた麻美の唇が更に色を失いきつく噛み締められるのを尻目《しりめ》に、荒々しくドアを閉めた。

しばしの沈黙があった。

ドアノブを握りしめたまま、和也は身動きもしない。どこもかしこも強張《こわば》りついたかのような和也の肩からスッと力が抜けたのは、ドアの向こうから遠ざかるハイヒールの音に重々しいため息がひとつもれたあとのことだった。

§　§　§

「冷たくて、綺麗で、誰にも媚びない玲二……か」

自室でシャワーを浴びてベッドにもぐり込んだ和也は、麻美の言葉を反芻《はんすう》した。

（そんな奴のどこがいいんだよ。あいつは、タチの悪いエゴイストだろうが！）

不意に苦いものが込み上げる。息苦しさにも似たそれを、和也は荒々しく嚙みつぶして呑み込んだ。

身体は疲れ切っていた。

なのに、頭の芯が妙に冴えて眠れない。

何も考えたくない。

何も知りたくないッ。

けれど、胸を灼《や》く息苦しさはいまだにくすぶり続けているのだった。

もらすため息の数だけ寝返りを打つ。それでも、わずかな微睡《まどろ》みさえ誘いかけてはこなかった。

和也は忌々《いまいま》しげに舌打ちすると、半ばあきらめたように右手でこめかみを揉《も》んだ。

なぜ？

……………今更。

どうして？

……………こんな思いをしなければならないのか。

思い出したくもない過去の断片がまぶたの裏でチラついては消える。

そして、不意に、それが眼底を突き上げた。

――やめて、高見君ッ。あなたは玲二に嫉妬《しっと》しているだけなのよッ。

思わずカッと双眸を見開いた。……が。それは闇の中にどんよりと沈んだだけで消えてなくなりはしなかった。

――なんで麻美を抱いたのかって？　決まってんだろ。あいつがおまえのオンナだからさ。それ以外にどんな理由があると思ってんだよ。

嘲《あざけ》るように平然と玲二が笑う。強いものを視線に込め、唇の端だけでシニカルに笑う凶悪なエゴイスト。

――ごめんなさい、高見君。今は何を言っても言い訳にしかならないから……それしか言えない。本当に、ごめんなさい。

――おまえのものはなんでも喰らってやるよ。友だちも、金も、女も。みんな、おまえから毟《むし》り取ってやる。

玲二がひねて歪んだのは和也のせいではない。そんなことは誰の目にもわかりきっているのに、玲二は真顔で言うのだ。

――なぁに寝ボケたこと言ってんだよ。親のツケは子どもが払うことになってんだ。俺とおまえでプラス・マイナス・ゼロ。おまえにその自覚がないんなら、俺のやり方で取り返すまでのことさ。

和也は奥歯を噛み締めた。

セックスをするのに、愛だの恋だの、そんなものはいらない。ただの性欲処理にどんな理由付けがいるのかと、玲二はそう言い放った。

恋に溺《おぼ》れて情に目が眩《くら》んだ麻美は知ろうともしない。傲岸不遜な玲二の本性を。

玲二を繫《つな》ぎ止めておけるのは愛でも嫉妬でもない。ましてや、子どもなど論外であった。

恋は盲目とはよく言うが、人はあれほどまでに急激に変わってしまうものなのだろうか。

あんな凶悪なエゴイストをつかまえて、どうして『愛している』などと言えるのだ。だとしたら、麻美を相手に『恋』をしていると思っていた自分は、いったいなんだったのだろう。

和也は闇を睨んだまま、息を殺した。

8　朝イチの電話

リ・リ――――ン。

リ・リ――――ン。

突然の着信音に、ベッドで枕を両手で抱え込むようにして熟睡していた和也《かずや》は不意に夢の外へ蹴《け》り落とされたようにハッと目を覚ました。

枕横に置いてあるスマホを摑んで相手を確認すると『久住高志《くずみたかし》』だった。

時刻は午前十時七分だった。

大学はとっくに夏期休暇だからといってバイトは休めない。特に、今は高見《たかみ》の家を出てアパートで一人暮らしをしているので金もかかる。生活に余裕があるわけではない。そこらへんのことを麻美《あさみ》に見透かされていると思うとよけいにムカついた。

当然、バイトは昼と夜の掛け持ちである。今日もみっちりシフトが入っている。だから昼まで寝ていようと思ったのだが。

「……もしもし？」

起きぬけの不機嫌さがもろに声音にこもる。それを察したのか、耳元でそれと知れる苦笑がもれた。

『お疲れのとこ、悪いな、朝っぱらから』

今更名乗る必要もないと思っているらしい。

「そう思うんなら、しつこく鳴らすなよ」

喉で笑う声がする。

和也はますます不機嫌になった。

和也と同年齢でありながら、玲二《れいじ》と同様に体格も性格も軽く自分を凌駕《りょうが》し、一を聞く前にすでに十を知るという情報通でもあるこの高見の従兄弟が和也は苦手であった。

嫌いなのではない。むしろ、好感度でいけば玲二の比ではない。

ただ、馴《な》れ馴《な》れしくならない程度に妙に和也を構いたがるという悪癖があって。しかも。

——いいじゃないか、親密度が爆上がりしたって。別に押し倒そうってわけじゃなし。

みたいな台詞を真顔で吐けるその性格に、ときどきついていけなくなるのだ。

「なんの用だよ?」

『おふくろがツノ出してる。どうでも、家《ウチ》へ玲二を引っ張って来いってよ』

和也は押し黙った。肝心な事をわざとボカしてしゃべる高志の底意地悪さに内心毒づきながら、更にトーンを低めに絞る。

「玲二がやらかしたことだろ？　いちいち話をこっちに振るなよ。あいつの尻拭《しりぬぐ》いなんかまっぴらゴメンだからな、俺は」

『へぇー、まさか一発で話が通じるとは思わなかったな。どこからもれたわけ？』

まんざら冗談とも思えないような口調で、高志は興味深そうに言った。

「麻美が来たんだよ、こないだ」

投げやりな口調に隠しきれない不快さが滲《にじ》んだ。

『なるほど。恥も外聞もなくおまえのとこまで押しかけるなんて、彼女も相当、煮詰まってんだなぁ。この際、背に腹は代えられないってか。——で？　おまえ、彼女になんて言ったわけ？』

「あいつを捜して俺のとこにまで来るヒマがあったら、手遅れにならないうちにさっさと堕ろしちまえって、言ってやっただけだ」

『相変わらず、おやさしいことで……』

ため息まじりに高志がぼそりともらす。言葉の端々にこもる妙な白々しさに、和也はわけもなくムッとした。

「なんだよ、それ」

『だってなぁ。ふつう、後足で派手に砂をかけてった女にそんな親身な忠告してやる男がどこにいるよ』

「俺は、別にッ」

『そんなんじゃないって、はっきり言い切れんのかぁ、おまえ』

いつもの軽いノリのよさからまったく別のトーンが滲み出たような錯覚に、思わず和也は口ごもった。

『玲二はガキの頃の反動で、性格も根性もヒネて歪みまくってるからな』

さすが高見の従兄弟である。まったくもってその通りだった。

『頭はキレるがまともに使う気なんかさらさらない。根性がヒン曲がっていようが、性根が腐りきっていようが、あの顔にあのガタイだろ？　黙って立ってりゃ女は入れ食いで不自由はしないときてる』

否定する気も起きない。それが羨《うらや》ましいとも思わないが。

『やっかみ半分としても、常識外れのタラシだの、鼻持ちならないエゴイストだの、世間様がツバを飛ばして何をがなりたてようが、蛙《かえる》のツラになんとかなわけよ。そのあいつが、どういうわけかおまえにだけは反応すんだよな。それも過剰なくらいに。おまえ、わかってる？　あいつは、おまえと話すときだけはちゃんとまともに顔を向けてしゃべるんだぜ』

「何が、言いたいんだ、おまえ」

低く絞りこんだ声音が硬い。スマホ越しの向こうとこっちで沈黙が火花を散らしているかのようだった。それに焦《じ》れて口火を切ろうとした矢先、かつて一度も聞いたことがないような強い声で高志が言った。

『逃げんなよ、和也』

なぜか、ぞわりとうぶ毛が逆立つ思いがした。

『逃げまくってたってなんの解決にもなりゃしないんだから。おまえにしたらハタ迷惑を通り越してムカつくようなことでも、それがあいつなりのコミュニケーションなんだろ』

玲二との確執は高志も知っている。それでも、今まではプライベートにまでがっつりと踏み込んでくるようなことはなかった。迫《せ》り上がる鼓動に押されてスマホを握りしめた指が強張りつく。

『おまえも高見の家を出て、少しは頭も冷えただろ？　はっきり言ってあいつとまともに話ができるのはおまえだけなんだから、俺は関係ない……みたいな傍観者ヅラをしてるわけにはいかないってことさ。彼女とのことは合意なわけだから当人同士でカタつけろって突き放してもいいんだろうけど、家が絡んでくると世間体だのなんだのうるさくなってくるからな。これ以上騒ぎが大きくなる前に、おまえ、玲二を連れて来い』

「なんで、俺が」

『そんなの決まってるだろ。あいつが聞く耳を持ってるのはおまえだけだからだよ。いいな、頼んだぜ』

そうとどめを刺して高志からの電話は切れた。

（だから、俺はあいつの子守じゃねーっつーの）

内心で愚痴《ぐち》りまくる。なんだかんだで、いつも貧乏クジを引かされているような気がしてならない和也だった。

9　レイジの親衛隊

午後七時三十分。

派手なネオンの谷間を這うように、ぽつり、ぽつりと街灯がともる路地裏は表通りの賑《にぎ》わいとは別のざわめきが夜を食《は》んでいる。

喧騒《けんそう》よりは猥雑《わいざつ》。

ブランディーよりも焼　酎《しょうちゅう》。

熱のこもった大気が独特の異臭を孕み、ねっとりと淀む。闇は妙に重かった。

スマホのマップを頼りに大通りの三ツ角を左に折れ、すれ違う人もまばらな通りを抜けてそこに出て、和也《かずや》は足を止めた。

(……ったく、なんで俺がこんなことまでしなくちゃならないんだよ)

高志《たかし》の意味深な台詞に煽《あお》られた。……否定はできない。

あのあと久しぶりに高見の実家へ戻ってはみたものの、すでに両親は亡く、玲二《れいじ》の姿も見えない家の中は寒々として張り詰めていたものが急速に萎《な》えていった。

家は住む者がいなくなれば荒《すさ》む一方だという。和也が家を出てからは高志の母親である久住の伯母がときおり様子を見にきてはいるようだったが、玲二はあまり家には帰っては来ないのだろう。生活感のない、無機質めいた大気の淀みは隠せなかった。

（玲二の奴、どこで何をしてやがるんだ）

素朴な疑問に突き当たる。

家にも帰らないで夜遊び三昧《ざんまい》？　女を取っ替え引っ替えしているヒモ生活？　なんだかそっちのほうが現実味がありそうで、和也の口からやりきれないようなため息がひとつこぼれた。

そして、いまだにそのままにしてあるだろう自分の部屋も覗《のぞ》かず、わけのわからない後ろめたさに背を押され、和也は早々に高見の家を後にしたのだった。

玲二がどこにいるのか、和也は知らない。

何をしているのか、知りたくもない。玲二の顔を思い出すのも不快だから、あえてその存在を無視してきた。

しかし。幸か不幸か、玲二の居所を知るためにはどこへ行けばいいのかはわかるのだ。高志もそれを見越して、ああもあっさり『連れて来い』と言ったのだろう。

新宿《しんじゅく》の『タービュランス』。

（確かここだったよな。玲二オタクの溜《た》まり場は）

マップが指し示すビルを見上げて下腹に力を込めた。

傲慢無礼を地でいく玲二に親しい友人はいない。……たぶん。だが、そのカリスマぶりに傾倒する連中には事欠かなかった。自ら親衛隊を気取る者すらいるほどであった。芸能人でもないただの一般人にそこまで入れ込む連中の気持ちが和也にはよくわからないが、玲二が恐ろしく派手目立ちをする男であることは事実だった。

他人目《よそめ》にはどう映ろうが気にもかけない玲二の傍若無人な態度は世間の常識人の反感を買うその一方で、冷たく冴えた端正な容貌とも相まって強烈なフェロモンにも似たカリスマ性を遺《い》憾《かん》なく発揮していた。女には子宮を疼かせるほどのセクスタシーを。男には蒙昧《もうまい》的な憧憬《どうけい》を。

十九歳という年齢など、彼らにとっては何の意味もないのだろう。

玲二自身はそんなことにはまるで関心がないと言わんばかりの態度だったが、それは、あくまで。

「赤の他人が何を、どう思い煩《わずら》おうが俺の知ったこっちゃない」

――のであって、己の資質については誰よりも熟知しているはずだった。その有効な使い方も、ダメージの与え方も。

和也は身に沁《し》みて知っている。

あのとき。麻美《あさみ》は、結果的に和也を裏切り傷つけたことに対しての詫《わ》びは入れたが、玲二と関係をもったことは『後悔していない』し『許してもらえるとも思っていない』のだと、はっきりと口にした。自分の気持ちに嘘はつけないと。

何が『嘘』なのか。

どこをどう叩けば、そんな屁理屈《へりくつ》がまかり通るのか。

自分に嘘がつけないからといって、それで和也を傷つけてもかまわないのか。

口を開けば次から次へと苦いものがあふれ返る。なのに、麻美は、ただ『ごめんなさい』を繰り返すだけだった。和也が聞きたかったのは、そんな型にはまっただけの決まり文句ではなかったのに。

――高見君は優しすぎて、何か、もうひとつ物足りない。

ごく親しい友人に、麻美はそうもらしていたのだという。

麻美の言う『優しさ』とは何なのか。

少なくとも和也は、自分が必要以上に優しい人間だとは思っていない。

八方美人的な愛想笑いは嫌いなのだ。イヤなものはイヤだし、それを無理にねじ曲げてまで他人にいい顔をしようなんて気はさらさらない。だからこその問題児であったのだから。

好きだから優しくなれる。……そうではないのか？

なんの興味もないことに対して意味もなく優しくなれるほどの寛容さを、和也は持ち合わせてはいなかった。

なのに、麻美は。

『優しすぎて、物足りない』

そう、言うのだ。

優しさが足りないと言うのならわかる。だが『過ぎて』『足りない』とは、どういうことなのか。声を荒らげて何度問い詰めても、麻美は判で押したように目を伏せるだけだった。

「ごめんなさい」

——と。

好きだけど、足りない。だから、玲二に惹《ひ》かれたのだという。高校のクラスメートから丸五年、その思い出も何もかもドブの中に投げ捨ててしまえるほどに。

おそらく玲二は内心ほくそ笑みながら、そこにつけ込んだことだろう。己を偽ることなく、麻美がそうであれと望んだように、冷たく、激しく、いっそエゴイスティックなまでの傲慢さでもって。

理性も自制心もブチ切れた和也が手かげんもなく玲二を殴りつけるのを、

「玲二が悪いんじゃないわッ！」

身体を張ってかばうほどに。

ひどい茶番を見せつけられているような気がした。何かもう、憤激を通り越してバカバカしくなるほどに。

「あいつは昔っから俺のモンならなんでも欲しがるんだ。今度のことだって、おまえが俺の彼女だから手を出しただけなんだ。おまえがいくら好きだってわめいても、玲二は屁とも思っちゃいねーよ」

まやかしの恋に目がくらんで真実を見抜けない麻美へ、それは和也なりの最後の真摯《しんし》な忠告であったのだ。

和也だけが知る、玲二の本音だった。けれども。それはすでにわずかばかりの罪悪感とともに急速に冷めかけていた麻美の気持ちに決定的な亀裂を生んだだけだった。

「あなたは、玲二に嫉妬してるのよッ！」

柳眉を逆立てた麻美の顔が、歪められた唇から吐き出されたその理不尽な糾弾《きゅうだん》が、和也の心を軋ませた。

麻美にはわからない。振り上げた拳《こぶし》の真の痛みが。

言葉にならずに凍りついていく唇。屈辱にまみれた度し難い憤怒の矛先は、その瞬間、行き場を失ってしまったのだった。

傲慢で。

不遜な。

美貌のエゴイスト。

人は日々の穏やかさよりも、刺激のあるスリルに酔いたがるものなのだろう。そして、それを具現して見せる者には彼らは何も惜しまない。

賛辞と喝采《かっさい》。ときには世間の常識さえ、いともあっさり足蹴にする。

恥ずかしげもなく親衛隊を気取る男たちの態度は傍《はた》から見れば嘲笑さえもれる卑屈さだ。遠巻きに視線を絡めてくる女たちは、媚びるような姿態を隠そうともしない。

玲二は冷淡に無視を繰り返す。

それでも、彼らは頭上に『レイジ』の君臨を求めてやまないのだ。和也には理解しがたい熱情とテンションを込め、どこかしら歪んでいるとしか思えないような異様な寛容さでもって。

【レイジは誰の手にも堕《お》ちない】

それが、彼らにとって唯一無二の不文律なのだった。

それとなく媚びるもよし。ストレートに誘うもよし。玉砕するのが当然と割り切ってさえいれば必要以上にプライドが傷つくこともない——とでも言いたげに。夜のネオンにまぎれて語るボディ・ランゲージは、その場限りのしゃれたゲームでいいのだろう。

【カリスマは誰とも群れない】

人の輪の中にあっても『レイジ』は決して馴れ合わない。そのくせ、いつでも皆を睥睨《へいげい》しつつその存在感を見せつける。取り巻きといえど、馴れ馴れしく肩を並べていられるわけではないのだ。ましてや、モーションをかけてくる女たちと一度や二度関係をもったからといって、冷たく醒《さ》めた双眸は彼女ヅラなど許さない。

誰と肌を重ねても『レイジ』は決して熱くならない。セックスはあくまで一夜の情事でしかないのだと、彼らは知っている。『レイジ』を見て、感じるためのルールは、あえて玲二が口に出すまでもなく暗黙のうちに出来上がっているのだった。

どれが真実で、何がフェイクなのか。彼らにとって、そんなことはさして重要なのではないのかもしれない。

噂《うわさ》は『レイジ』の虚像を神格化する。

おそらくは。玲二のとなりで麻美がこぼれんばかりの笑顔を振りまいていたとしても、玲二が『レイジ』である限り彼らの眦が必要以上に大きく切れ上がることはないのだろう。

本音を言えば、和也にしても、彼らが溜まり場にしている『タービュランス』に顔を出すのは、まったくもって気が進まなかった。今現在、それしか玲二の居場所を知る手立てがないだけのことで。

そこで早々に、自称『レイジの親衛隊長』を名乗る小池秀次《こいけしゅうじ》を見つけられたのはラッキーだった。もちろん、嫌な思いをするのは一度で充分という意味でだが。

どうして和也が秀次の顔を知っているのかといえば、彼のSNS『銀狐《シルバー・フォックス》』でこれでもかとばかりに自己喧伝《けんでん》に走っているからだ。

和也が偶然それを見つけたわけではない。友人が面白がって『おい、高見。こういうのがあるんだけど、知ってるか？』と教えてくれたのだった。

アイドルオタクは『推し』に金を貢いで情熱をかけるが、秀次は『レイジ』の信奉者である。

リアル・タイムでつぶやいていたらそれだけで立派なストーカーであるが、信奉者たちにもそれなりのルールがある。……らしい。

秀次は一番奥のボックス席で仲間と盛り上がっていた。SNSのプロフィールでは二十二歳の大学生ということだったが、仲間と派手に盛り上がっている秀次はどう見ても就活中には見えなかった。それとも。『表』と『裏』は上手に使い分けるタイプなのか。

悪ガキが野放図に育つとこうなる——を、地でいくような男である。興味を引かれないものには一顧だにしない代わり、一度目に焼き付けた執着心は人並み以上という極端な性格が相貌のふてぶてしさに輪をかけていた。それでも、玲二の圧倒的な存在感に比べればはるかに可愛いシロモノではあったが。

和也はさりげなく秀次の肩を叩いた。

「すみません。『シルバー・フォックス』の小池秀次さんですよね?」

初対面なので、言葉遣いには気をつける。

振り向きざま、秀次はあからさまに眉を寄せた。話の腰を折られて不機嫌そうに歪んだ双眸は、

「盛り上がってるとこ申し訳ないんですけど、玲二、どこにいるか知りませんか?」

その言葉に弾かれて、更に細く切れ上がった。

この界隈で『レイジ』の名を知らない者はない。ネオン街を闊歩《かっぽ》し、闇にまぎれて派手に浮

き名を流す『レイジ』は、すでに高見玲二という枠を離れ、ひとつの人格を持った固有名詞となっていたからである。

しかし、秀次のような連中相手に平然とその名を連呼できる者は、ごくごく限られているといっていい。

親衛隊に睨まれて平気で表通りを歩ける奴はいない。それが新宿の新常識になっていたからである。

「知ってるなら教えてもらえませんか。急用なので」

和也の口調には気負いもなければ淀みもなかった。

できれば、穏やかに話をつけたいのが和也の本音だ。得てして、こういう場合、事がすんなり運んだ例はまずなかったが。

玲二とはまったく違った意味で、和也もまた人を惹くのだ。

よくも悪くも圧倒的な個性で人を魅了するのが玲二ならば、和也はじわりと人の心に食い込むタイプであった。派手に目立つわけではないが、人と話すときにはきっちり目を合わせて逸《そ》らさない。意味なく媚びない、恐れない、屈しない。その態度は本人の自覚に関係なく、特定の人間の気をひどくそそるのだろう。

秀次はしばし値踏みでもするかのようにじっとりと和也を見据《みす》え、やがて、不遜に言い放った。

「あんた、レイジさんのなに？」

「玲二は弟だけど」

しごくあっさりと和也は口にした。持って回った言い方をして変に誤解されるより、そのほうがマシだと思ったからだ。

秀次は一瞬あっけに取られ、次いでにやりと唇の端をめくり上げた。

「いい度胸してんじゃん」

それがただの褒《ほ》め言葉でないことは容易に知れた。小バカにしたような薄ら笑いが孕む剣呑《けんのん》さに、和也は内心でうんざりしたようにため息をもらした。

（またかよ。この手の連中とは、なんで、こう相性が悪いんだ）

挑発した覚えもないのに、相手は勝手に思い込む。そして、しつこく絡むのだ。これから先の台詞まで読めてきそうな気がして、和也はわずかにトーンを絞った。

「勘違いするなよ。冗談で言ってるわけじゃないから」

わかっているのか、いないのか。秀次は立ち上がりざま小さく顎《あご》をしゃくった。

「来いよ。連れてってやるぜ」

わずかに和也の眉が寄る。それを目にして、

「急用なんだろ？　お・に・い・さんッ」

秀次が嘲るように喉の奥で笑った。つられたように、周りで下卑《げび》た笑いが湧き上がる。

それでも動こうとしない和也の背を、誰かが小突いた。

和也は腹を決めて歩き出した。

「いるんだよなぁ。レイジさんのクラスメートだったとか、親戚だとか言って女を引っかけてコマす奴。まあ、コロリと騙《だま》される女も女だけど」

秀次は意味ありげに片頬《かたほお》で笑った。

どうやら、和也の思惑は完全に裏目に出てしまったらしい。

忘れていたわけではないのだ。玲二の兄——と言う枷がどれほどのものか。

そこへすんなりと納まってしまうには、世間の目はとかくうるさい。興味本位の視線で名指す台詞は胸糞が悪くなるほどのワンパターンだ。

——ほら、あれが、高見玲二の兄貴。

——へえー、それにしちゃあ並みだよな。

——なんか、ぜんぜんタイプが違うよね。

——弟に全部いいとこを持って行かれた……みたいな?

親の再婚での義兄弟なのだからと割り切ってはいても、玲二の名前が絡むとたんに和也への評価がだだ下がりになってしまうのだ。

だからこその意地がある。それが他人目にはちゃちなプライドと映ろうともだ。

そのまま連れ立って『タービュランス』を出ると、へらへらした秀次たちの顔つきが一変した。だてに玲二の親衛隊を気取っているわけではないらしい。

秀次は無言で和也を従えて歩く。その背中を見つめながら、きょうは厄日だと、つくづく思ってしまう和也だった。

§　§　§

「ほら、着いたぜ」

どこをどう歩いたのかもわからず、その声につられてハッと目を向ければ、そこは何の変哲もないビルの入口だった。

訝《いぶか》しげに眉をひそめる間もなく、秀次が和也の肩を小突く。

「ボケッとしてんじゃねぇよ」

ドアを抜けると正面にエレベーターがある。

皆が乗りこんでしまうと、秀次はサマージャケットの内ポケットからカードを抜き、開閉ボタン以外何の表示もないスロットに差し込んだ。すると、ひと呼吸置いて『CA』のランプが点灯した。

（CAって、何？）

たぶん何かの略字なのだろうが、それがなんなのかまったく見当もつかなかった。

た。

「ここ、会員制になってるわけよ」

動きはじめたエレベーターの中、秀次がひらひらとカードをかざす。

黒地に金の髑髏《どくろ》マークが何か秘密めいたものを感じさせたが、和也はあえて何も聞かなかった。

『CA』階。

軽いブレとともにエレベーターが停止する。

期せずして、皆が一斉に後ろの壁へと向き直る。

えッ？　――と思ったとたん、和也の背中で不意に壁が左右にスライドした。

人波に押されるようにして、和也があたふたと降りる。その耳元で秀次がぼそりとつぶやいた。

「田舎モン」

和也は聞こえないフリをした。ムキになって言い返すほどのことでもなく、それよりも、今は目も耳もこのブチ抜きの広いホールに釘付《くぎづ》けになっていた。

天井は見上げるほどに高く、華やかな光彩のあふれるホールはゆったりと開放的である。

にもかかわらず、和也は、どこか奇妙な圧迫感を覚えてしまうのだった。

ぐるりと巡らす視界の中、目につくのは何かの仮装パーティーなのかと思えるほど統一性のない、見事なまでにアンバランスな彼らの服装であった。

きっちりと正装した者もいれば、カジュアルな者も。かと思えばゲーム・キャラめいたド派手な格好をした者もいたし、ごく少数だが和也のようにジーンズにTシャツというラフすぎる者もいた。

(なんなんだ?)

誰が何かを気にかけるふうでもなく、談笑し、グラスを交わし、ホールはざわめきの中にも和気藹々《わきあいあい》な活気に満ちていた。

そして、和也は唐突に思い知るのだった。先ほどから感じていた妙な圧迫感めいたものが何なのかを。

どこを見ても、どんなに目を凝らしても、この会場にはただの一人も女性がいない。

スタッグ・パーティー………。それをはっきり自覚したとたん、和也の中で何かがぞわりと蠢《うごめ》いた。

和也は思わず振り向いた。

「おい」

だが、秀次への呼びかけは虚《むな》しく空を切って霧散した。

いや。秀次はおろか、和也を取り囲んでいたはずの連中の姿もない。異郷にひとりポツンと取り残されたような錯覚に、和也はあわててあたりを見回した。

(……あのヤロー)

和也は奥歯を噛み締めた。

担がれた？

してやられた？

ハメられた？

もしかしたら、こんなわけのわからない場所に置き去りにされた憤りの半分は自分の警戒心のなさに対する自嘲だったかもしれない。

漠然とした不安と焦りが喉元まで一気に鼓動を押し上げていく。

ここを出るにしても、例のカードがなければエレベーターは動かないのではないか。

（……最悪）

ほかの出口を探すにしても、ともかく、誰かを捕まえて話を聞くべきだろう。

和也は人だかりのする壁へ向かって歩き出した。……が三歩と進まないうちに、いきなり、鼓膜を打ち据えるかのようなファンファーレにどっきりと足を止めた。

（なんだ？）

唖然《あぜん》と立ち竦む和也の頭上から、しっとりと艶《つや》のあるテノールが降り注いだ。

「ようこそ諸君、クラブ『アモーラル』へ。アペリティフは充分楽しんでいただけたかな？」

ざわめきの中に艶声の余韻が染みていく。

「頃合もいいようなので、そろそろゲームに移りたいと思う。今宵のプレミアムは『ブルー』

に決定した」

とたん、野太い歓声が上がった。拍手が渦を巻く。指笛が鳴る。先ほどまでの穏やかな喧騒が一気に膨《ふく》れ上がってホール全体を突き上げるように弾けた。

「タイム・リミットは六十秒。プレミアムは、いつも通りすべてオークションとなる。例外は一切認めない。準備はよろしいかな？」

まるで最後の言葉を待ち兼ねていたように、グラスが、皿が、テーブルが、モノトーンの制服を着たボーイによって実に手際よく次々と運び出されていく。

どこかでモニター・カメラ越しにホールの様子を見ているのか。艶声の主はホールからすべての物が片付いてしまうとこの上もなく魅惑的に皆を煽動《せんどう》した。

「では、諸君、オークションでお目にかかろう」

そして、不意に、すべての明かりがかき消えた。

刹那《せつな》の――沈黙。

墨《すみ》を流したような暗闇に、誰もが吐息を殺して目を凝らす。

静謐《せいひつ》さとは質の違う、不気味なほどの静寂。胸の鼓動が闇に溶け、誰のものともわからない気配が揺らぐ。

だが、そこに色鮮やかな夜光虫が飛びかった瞬間、大気は一気に逆流した。

レッド。イエロー…………。ピンク…………。

ブルー………。グリーン………。レッド………。

ピンク。………グリーン。イエロー。………グリーン。

レッド。ブルー。ピンク。ブルー………。

闇の中、五色の夜光虫が乱舞する。

そこ、ここで、大気が擦《こす》れて熱をもつ。立っているだけで、身体の芯が疼いてくるような熱気だった。

けれども。ゲームのルールなどまるっきり見当もつかない和也は、闇に目が慣れはじめてもそこから一歩も動けずにいた。

そのとき。

いきなり。

ドンッ！　――と背中を押された。

思わずよろめいた和也の身体を、ぐいと引き止めるかのように誰かの腕が絡む。

「あっ……ど……も………」

かすかにもれた声は、だが、それ以上言葉にはならなかった。

腕に。

腰に。

足に。

いくつもの手が、まるで触手のように四方から絡みついてくる。

和也はギョッと身体を硬直させた。

首筋をかすめる吐息の生温《なまぬる》さ。擦れて重なる肌と肌。背を押し上げる鼓動の昂《たかぶ》り。

それらひとつひとつが不意に禁忌の扉にふれ、和也の心臓を締め上げた。

（よ、せッ）

（いやだッ）

（放しやがれッ！）

生理的な嫌悪と憤怒で血がたぎる。それが瞬時に強張りついた指の先まで走った。

闇の中、先走る感覚だけが鋭利に研ぎ澄まされていく。

和也は渾身《こんしん》の力を込めて、絡みつく手を振り切ろうとした。

だが、捕らえた獲物を逃すまいとうごめく複数の触手はビクともしない。ムッとするほどの熱とぬめりをもって、なおも和也に絡みつこうとした。

和也はゾッと身を竦ませた。

覚えのある、だが思い出したくもない感触が頭の芯を刺し貫く。それがビジョンとなって眼底を突き上げかけたその瞬間、引きずり回すような荒々しさで次々に触手が剥《は》がれ落ちていった。

（え？　な……に？）

不意に耳鳴りが止んだ。

そして、最後のひとつがなんの未練げもなく和也の身体を手放したとき、爆発寸前まで昂り上がった血潮が一瞬のうちにたわんで抜けた。

いったい。

何が。

どうなったのか。

何も――わからない。

だが、それ以上に解放感による安堵《あんど》のほうが大きくて、和也は詰めた息を吐き出すかのようにその場にへたり込んだ。

昂り上がった鼓動は収まらない。

肩でつく息は荒い。

頭の中はいまだパニック状態で、現状に思考が追いつかない。

和也は大きく胸を喘がせると乾ききった唇を何度も舐めた。

すると。

「タイム・アップ！」

姿なき艶声の主が唐突に告げた。

それを合図に照明が一斉にホールを満たした。

一瞬、眼底を刺すようなまぶしさに誰もが顔を伏せる。それがようやく目に馴染《なじ》んだ頃、どこからともなく拍手がわき起こり更なる歓声がホールを揺るがした。

そして、和也は遅まきながらようやく事の次第を認識できるに至った。

今、和也は鉄格子の中にいた。いつの間に、どうして、ここにこんな物があるのか。何が何だか、まったくわからない。

囚《とら》われているのは和也ひとりではなかった。ざっと十人ほどはいるだろうか。そのうちの半数くらいは和也とご同様らしく、いかにも不安げで落ち着きがなかった。あとの半分は別段取り乱した様子もなく、それどころか、格子の外に向かって拳を振り上げて何かしらをアピールする者すらいた。

「あ……あのォ…………」

どこかぎこちない掠《かす》れ声に肩を叩かれてけだるげに目をやると、おどおどと上目遣いに和也を見つめる顔があった。

「これから……何が、始まるんでしょうか？」

わかるわけがない。それを知りたいのは、むしろ和也のほうだった。

「顔色が悪いな。あんた、大丈夫？」

ごく間近で別の声が降ってくる。こちらはどうやらこのゲームの経験者なのか、人のことを気遣う余裕があった。

「あんた、新顔だろ？　ゲームのやり方もよくわかってなかったみたいだな。もしかして、襲われて輪姦されるとでも思ったわけ？」

皮肉なのか。ただのジョークのつもりなのか。……よくわからない。優しげな容貌のわりには平然とした態度が小憎らしくもある。淡々とした声であっさり図星をさされてしまうと、和也は返事のしようがなかった。

「誰かのコネでもぐり込んだか、どこかでナンパされてきたクチなんだろ？」

見透かされている。和也の場合はハメられたわけだが。

「そういうのってさぁ、絶対、スケープゴートにされることになってんだよ。おいしい話にゃ裏があるって言うだろ？　毎回同じ顔ぶれじゃあマンネリ化してしまうからな。ゲームっていうのは、やっぱり、相応のスリルと興奮がなきゃ意味ないだろ？」

檻《おり》の中、誰もが無関心を装いながら聞き耳を立てていた。

「ぼく、おもしろいパーティーがあるからって誘われたんです」

周りの沈黙に焦れて横から口をはさむ者がいる。和也同様、ゲーム初心者はこれから先どうなるのか、不安で不安でしかたがないのだろう。

「おもしろいぜ。ゲームと割り切って楽しめばな」

こともなげに返される言葉。

「でも、こんなの……ちっとも楽しくないですよ」

思わず泣きが入るのも無理はない。それを横目に別の常連組らしき男がにやりと笑った。

「これから始まるんだよ、本番は」

「オークションって、やつか」

なんとなく先が読めてくるようで、口調もつい湿りがちになってしまう。

「セリ値は全部、自分のフトコロに入ってくる。でもな、ただ突っ立ってるだけじゃ誰も買ってくれない。ゲームだからな。値を吊り上げるためには自分で自分を売り込まなくっちゃダメなんだ」

「売り込むって、どういうふうに？」

初心者組のひとりが硬い声で問いかける。

「そりゃあ、マル秘だろ。人と同じことをやってたら売り込む意味がねーだろうが」

「そうそう。競り落とされたら、ここにいる間、そいつに絶対服従ってのが決まりになってんだ。だったら、せいぜい値を吊り上げて稼がなきゃやってられねぇよ」

「何を言われても、どんなことをされてもイエスマンか。じゃあ『NO』って言ったら、どうなるわけ？」

さりげない和也の問いかけに、一瞬、檻の中の空気が引き締まった。常連組は互いの顔を見合わせ、初心者組は息を呑んで誰かが口を開くのを待っている。

和也は答えを促すように最初に声をかけてきた男を見やった。

「まあ、そこらへんは競り主の裁量まかせ？　けど、ルール破りには当然罰ゲームだな」

「罰ゲーム？」

「あー。たまに悪ノリして、そこまでやってしまう連中もいるってことさ。一番派手だったのは本番ストリップ・ショーだったかな」

　聞かなければよかった。初心者組の誰もがそう思ったことだろう。先行きの不安に逸《はや》る鼓動が『ストリップ・ショー』の一言で顔面蒼白《そうはく》、すっかりビビリ上がってしまったのだった。

「――で？　ゲーム初心者にそうやってめいっぱいプレッシャーかけるのが、常連さんのお役目なわけ？」

　まったくの当て推量というわけではなかった。

　常連組は一瞬目を瞠《みは》り、次いで片頬で薄く笑った。それでも、底意地悪くトドメを刺すのは忘れていなかった。

「なんだ、一番取り込みやすそうなのが実は一番しぶとかったってわけか。見かけだけじゃわかんないもんだな、ホント。けど、ゲームに関しちゃウソはない。ま、オークションが始まってみればいやでもわかるだろうけど。免疫がないとけっこう辛《つら》いぜ、このゲームは」

　しばしの沈黙があった。それを破ったのは、和也でも、他の初心者でもない。例の、艶声の主であった。

「さて、諸君。お待ちかねのオークションを始めたいと思う。今宵のプレミアムは十二人。まずは、じっくり値踏みしていただこう」

美声にして美貌あらず——とはよく言うが、天は彼に二物を与えたもうたようだ。

くっきりとした明確な口調からくるイメージは、どちらかといえば体格のよさそうなアスリート然とした男性を連想させたが、実際の彼はもっとずっと線が柔らかだった。

男顔、女顔——そのどちらにも属さないような彼の美貌には、スポット・ライトがよく映える。

一見して年齢不詳の若々しさだが、表情にも物腰にも浮ついた影は微塵《みじん》も感じさせない。こんなところでマイクを握っているより、重役室の椅子にでも座って書類を眺めているほうがはるかに似合っている。タイプこそ違うが、醸し出す雰囲気が玲二のそれを思い出させて、和也の眉間《みけん》は更に険しくなった。

これもまた、ゲームを煽るための演出なのだろうか。鉄格子の中から『プレミアム』とは名ばかりのスケープゴートをひとりずつ、洗練された優雅なしぐさでエスコートする看守役はどこぞのモデル雑誌から抜け出てきたような黒服の美男《イケメン》であった。

常連組はいかにも場慣れしており、顔・スタイル・身のこなしと三拍子揃《そろ》った黒服二人にはさまれても、さすがに見劣りはしない。だが、初心者組はそれだけでもうすっかり萎縮《いしゅく》してしまっていた。

小洒落《こじゃれ》た服装の彼らだって、いつもの街へくり出せば、それなりに遊び慣れたイケメンで通るのだろうが、残念ながら今はその片鱗《へんりん》も見いだせない。衆人環視の中、先行きの不安をどっかり抱えたままぎくしゃくと晒《さら》し者にされていく様は、滑稽《こっけい》というよりはむしろ悲愴《ひそう》ですらあった。

口の中は苦いものであふれ返る。

けれど。和也はおとなしく『オークション』という名の茶番に付き合うことにした。選択肢が残されているわけではないのだ。意気がって我を張れば思わぬ怪我《けが》をする。それがわかっていた。

なんの打つ手もなく自分の出番が来るのをただ待つしかない不安と苛立ち。その眼前で、常連組が個性《パンチ》のきいたパフォーマンスで値を吊り上げていく。初心者組は更に焦り、ますます縮こまってしまう。

何がといって、商談成立の際、札束と引き換えに競り主とのディープなキスシーンを見せつけられては、たとえそれがゲームの余興だとわかっていても顔面が引き攣ってすっかり及び腰になってしまうのもやむをえない。

初心者組の第一の犠牲者は、情け容赦のない野次と絡みつくような視線に身体中を舐め回され、なんのアピールもできずにそこに突っ立っているだけだったが、その、すれていないウブさがいいと一万円で落札された。もっとも、それでホッとしたのも束の間、シメの儀式には全身硬直で今にも卒倒しそうなほどに蒼ざめてはいたが。

ふたり目も同じく一万円。

三番手として和也が引き出されてきたとき、どこからか、ひときわ痛烈な野次が飛んだ。

「こらぁ、ちったぁ根性入れろよな。三連チャンで万札一枚なんてなっさけねーぞォ！」

和也は前の二人のようにおどおどと目を伏せるでなく、変に媚びて見せるわけでもなく、これ以上は望めないのではないかと思えるほどの自然体でそこにいた。

しかし。ざわめきの中から不意にかかった初値が『百円』という、人を小バカにしているとしか思えないようなあまりの低さに和也の肩が一瞬ぴくりと震えた。

失笑とも嘲笑ともつかないものが、そこかしこでもれる。

その中で、再び競り値がかかった。

「百一円ッ！」

間髪を容れず、今度は爆笑が上がった。

最前列で、秀次がこれ見よがしに中指を突き上げてみせる。さすがの和也も、右のこめかみあたりの血管が切れるような錯覚を覚えた。

「百一円。――ほかには？」

ただ一人、相も変わらぬ冷静さでもって、艶声が皆を促す。

……が、誰も続く者がない。

おそらく、和也と秀次の因縁めいたものを感じ取ったのだろう。二人の間を興味深げに視線が行き来する。この際、下手に野次るよりも観客に徹したほうがおもしろいとでも言いたげであった。

「他には？」

再度、艶声が響く。

「一万ッ！」

半ばやけくそぎみに和也が声を張り上げた。

その瞬間、ホールに呆《ほう》けたような沈黙が走った。

まさか、プレミアム自身が競りに加わるなど誰も予想もしていなかったに違いない。ポーカーフェイスの艶声の主ですら、束の間、まじまじと和也を見つめた。

「なんだよ。オークションは全員参加がモットーなんだろ？　なら、俺が競りに加わっても別に問題はないだろ？」

和也に睨《ね》めつけられて、艶声の主は唇の端に柔らかな苦笑を刻んだ。そのとたん、ホールのどこからか小さなどよめきがもれた。

たとえほんのわずかな苦笑とはいえ『クール・ビューティー』な彼の微笑などめったにお目にかかれるものではなかった。ゆえに、彼らは野次を飛ばすことも忘れて彼に見入ってしまったのだった。

「いや、失礼。今までこういう展開はなかったのでね。確かに君の言い分にも一理はあると思うが。しかし、プレミアムが自分を競り落としたのではゲームにはならないだろう?」

「そうだッ」

「そのとおり!」

どこか笑いを含んだ声が上がると、ホールはまた急速にざわつきはじめた。

「前例がないって言うんなら、今ここで作っちまえばいいだろ? オークションがゲームの一部なら、晒し者のプレミアムにだってジョーカーの一枚ぐらい切らせてくれてもいいんじゃないか?」

和也も負けてない。とっさに思いついた苦肉の策だが、駄目元である。周囲の連中が傍観者を決め込む以上、『百一円』という超安値で秀次に競り落とされる。落とされたが最後、どんな無理難題をふっかけられるかわかったものではない。それだけは絶対にゴメンだった。

指笛が鳴る。

「そら、そうだ」

「いいぞッ」

「負けんな!」

「おもしれーッ」

歓声が上がる。和也が示した提案は、その結果がどう転ぶにしろ彼らの興味を充分に誘ったようだった。

「では、こうしよう。オークションのルールに従って、君も含め、もっとも高い値をつけた者が君を落とす。もし君が、君自身を競り落とした場合には、プレミアムというハンデとして金は全額こちらに寄付してもらう。払いはもちろんキャッシュだ。どうかな？」

和也に異論があるはずがない。相手が秀次でなくなるのなら多少のことには耐えられる。そう思った。

むろん、せっかく手に入れた権利を手放すつもりなど毛頭なかったし、事の成り行きから見て多少楽観的になってもいた。

しかし。

「では、再開する」

彼がそう言葉を切ったとたん。

「一万五千ッ」

「一万七千ッ！」

「二万ッ！」

一転して、次から次へと競り値が跳ね上がっていく。予想外の展開に和也は思わず拳を握りしめた。

（こいつらは〜〜〜ッ）

憤怒まじりの言葉は噛み締めた唇の中に消えていった。

「四万二千ッ！」

和也が一段と大きく声を張り上げる。それが財布の中の全財産であった。帰りの足代もなくなってしまうが、それで決着がついてしまうのなら惜しくはなかった。

顔も気心も知れた常連同士ならばいざ知らず、ゲーム用に寄せ集められた『エサ』相手にそれ以上の大金を出す物好きがいるとは思えない。ゲームはこの場にいる限り有効なのだ。それ以外、何が保証されているわけでもないのだから。

さすがに、あとに続く声はなかった。

和也はホッと安堵のため息を洩《も》らした。

——そのとき。

「五万ッ！」

人垣の後方から思いもしない声が飛んだ。

和也はギョッと双眸を跳ね上げた。

どよめきが渦を巻く。

誰もが驚きと好奇心に引かれて一斉に視線を巡らせる。

そして、その目がその人物を捉えたとき、ざわめきの中に何とも形容しがたい沈黙が弾けて落ちた。

どの唇も語るべき言葉を持たなかった。にもかかわらず、彼らの双眸は同じ驚愕を刷《は》いて見開かれた。

……ウソだろ。

……なんで？

……まさか。

……マジかよ？

人垣がゆるんでほつれ、割れていく。まるで、彼の登場を視線で促すかのように。

そして、彼――玲二は。我がために開かれた道をゆったりと、傲慢とも思えるほどゆったりと歩んで来た。

均整のとれた長身に酷薄な気をまとい、寄せられる眼差しの熱さも深さも見事なまでに黙殺し、ただ一点を見据えたまま――歩いて来る。獲物を狙《ねら》い澄ました、大型肉食獣のそれを思わせるしなやかな足どりで。

まばたきもせず、和也はそれを見ていた。

わずかに血の気の失せた唇は、真一文字に硬く引き絞られている。だが、鋭く切れ上がった双眸が吐き出すものは、このホールの中でただひとり和也だけが異質なのだと語っていた。

玲二がステージへと上がってくる。その足がなんのためらいもなく、和也のごく間近で止まった。

身長差にして、およそ頭ひとつ分。なのに、受ける印象は天と地ほどに違う。和也が華奢《きゃしゃ》なのではない。玲二の持つ個性が他を圧しているからである。無言のまま、冴え冴えとした眼差しが落ちてくる。

強い意志を視線に込め、恐れげもなく和也が睨み返す。

見つめる目と目が弾き出す、対照的な沈黙。なのに、間近で絡み合う視線のきつさは互いのほかは誰も寄せ付けない。そうして初めて、彼らは気づくのだ。和也が内に隠し持っていた思いがけない牙《きば》の鋭さに。

ホールの大気が、ゆっくり引き絞られていく。

そのまま誰も動かない。

いや、動けない。

艶声の主ですら、完全に声をかけるタイミングを外してしまったかのようだった。

そうやって張り詰めた時間がこのまま永遠に続くのではないかと思われたとき、不意に、玲二が和也の眼前で札ビラを切ってみせた。

和也の眦に険が走る。

「冗談はやめろ」

怒気を嚙み殺すように低く、和也がもらす。

「ジョークでなきゃいいのか?」

平然と切り返す意味深な言葉が、和也はおろかギャラリーすらも刺激する。冷やかしも野次も飛ばない代わり、胸苦しさに思わず声を呑んだ者は多々いたことだろう。

彼らは知っている。彼《レイジ》がこの倶楽部《クラブ》に名を連ねているのはただの気まぐれなのだと。オーナーに口説かれての客寄せだの、鬱陶《うっとう》しい女たちから逃れるための隠れ場だの、噂を拾い上げればきりがない。

彼らが見知っている限り、彼はいつでも傍観者であった。ゲーム自体は拒みはしないが、率先して参加したことは一度もない。一歩引いた高みから冷めた目で見ているだけだった。

彼は特別。誰もがそう思っていた。だから、

「後がつかえてる。さっさと済ませてしまおうぜ」

その言葉が信じられなかった。

和也の胸ポケットに万札が五枚ねじ込まれる。

カッと双眸を見開き、和也はその手を摑んだ。

「玲二、おまえ、いいかげんにしろッ」

一瞬のざわめきがホールを駆け抜ける。いまだかつてレイジに面と向かって怒声を叩きつけた者など——ただのひとりもいなかった。皆が皆、更なる驚愕に声を呑んだ。

玲二は無表情に言い放った。

「俺に落とされるのがイヤなら、値を吊り上げろよ。そういうルールだろ？」

露骨に痛いところを突かれ、和也は言葉に詰まった。

「決まりだな」

ことともなげに、玲二が艶声の主を見やる。

「…………そのようだな」

きわめて事務的に彼が言葉を返す。

誰もが固唾《かたず》を呑んで見つめる中、玲二は無造作に和也の腕を摑んで引き寄せた。

その眼差しからは逃れられない。

その手を振り払えない。

絡みつくのは、食い入るような男たちの視線か。それとも、因縁めいた兄弟の絆《きずな》なのか。

和也は腹を決めて玲二を見据えた。

「なんだ、えらく素直じゃないか」

露骨に玲二が当てこする。

「――ゲーム、だからな」

硬い声で和也が返す。

行き詰まった迷路の出口が唯一それしかないのなら、最後までゲームで押し通すよりほかにない。それをはっきり口にすることで、和也は、玲二との間に明確な一線を引いたつもりだった。

玲二はそれをどう受け止めたのか。ゆうるりと唇の端を吊り上げた。

人を人とも思わないエゴイストには似つかわしい酷薄なアルカイック・スマイル。なのに、それはひどく蠱惑《こわく》的な色香を放ってもいた。

頭の芯がずくりと疼くのを感じて、和也は内心舌打ちをもらさずにはいられなかった。

(これは、ただのゲームだ)

和也の思惑とは裏腹に、それはギャラリーなどまるで無視した、いきなりの派手で濃厚なディープ・キスから始まった。

深く――歯列を割り。

密に――舌を絡め。

強く。

濃く。

――激しく。

衆人環視の中で貪《むさぼ》られる口づけ。

和也は、己の認識の甘さをいやというほど思い知らされた。

貪り吸われているのは、唇か。

屈辱の震えか。

それとも、プライドの在処《ありか》か。

玲二の唇が饒舌《じょうぜつ》にうごめくたび指先にまで張り詰めたモノがたわみ、少しずつ剝がれ落ちていく。その一方で、高まりゆく鼓動の速さに押されて視界はどんどん狭まっていくのだった。

熱い。

…………何が?

苦しい。

…………どこが?

痛い。

…………どうして?

逸る鼓動がこめかみを締めつける。

くらくらとした眩暈《めまい》に足元が揺らぐ。

(早く終わってしまえ!)

硬く握りしめた拳になおも力を込めて、和也はそればかりを思った。

さんざん和也を嬲《なぶ》った唇が名残惜しげに引いていく。ほとんど無意識に、和也は胸を小さく喘がせた。

これで茶番も終わる。

安堵がつかせたため息に四肢の強張りも抜けかけた——そのとき。耳元で、玲二が低く囁いた。

「久しぶりで感じただろ? 和也」

ざわりとうぶ毛が逆立った。和也の名を呼ぶ、その独特のイントネーションに身体中の血が滾《たぎ》り上がったかのような気がして思わず手を振り上げた。

バシッ！

容赦のない平手が玲二の頬で弾けた。

言葉にならない驚愕の声がホールを貫いた。

だが、玲二は平然としたものだった。避けようと思えば避けられたはずの平手打ちにも動じることなく、殺気立った憤怒を噴き上げる和也の双眸を見据えたまま、こともなげに言ってのけた。

「熱くなるなよ。たかがゲームだろ？」

……そう。その通りだ。最初にゲームで事を済ませようとしたのは確かに和也だった。しかし、これのどこがゲームだと言うのか。

ジョークも、ここまでやってしまえば誰も笑ってはくれない。

それを承知の上で『たかがゲーム』だと言い切った玲二の冷たい視線が心臓に食い込むようで、痛かった。

「――帰るぞ」

胃液を絞り出すような声で和也が言った。

「ゲームはまだ終わってない」

「ンなこと、知るか！」

「五万で、俺がおまえを買ったんだ。ここを出るまでは競り主に絶対服従。その権利を俺が買ったんだ。ゲームだろ？　今更ゴチャゴチャぬかすんじゃねーよ」

怒りで目が眩《くら》んだ。だが、あくまでゲームにこだわる玲二の理路整然とした口調に、和也は何も言い返せなかった。

「——来いよ」

不遜に玲二が顎をしゃくる。憤然としたまま、それでも和也が歩き出すと、凍てついたような時間がようやく動きはじめた。

10　ゲームの後始末

人垣を抜け、無言のままステージから一番遠いボックス席を選んで腰を下ろした玲二《れいじ》は。

「おまえ、シュージに、オレの兄貴だって言ったんだってな」

かたくなに同席することを拒んでいる和也《かずや》の腕を摑《つか》み、半ば引きずり倒すような手荒さでソファーに押し込むと、刺々《とげとげ》しい口調でそう言った。

「だから、なんだ」

負けず劣らずのツンケンぶりで和也が返す。

「よりにもよって、あいつらの前でバカ正直にそんなことをホザくから、こういう目にあうんだ。背中に蛍光シールを貼られたのも気がつかなかったんだろ。この大ボケヤローが」

「自分の尻拭《しりぬぐ》いもロクにできないようなガキが、いっちょまえの講釈たれんじゃねぇーよ。おまえが横からしゃしゃり出てこなきゃ、俺が自腹切るだけで丸く納まったんだ。それを、派手にブチ壊しやがって」

玲二はこれ見よがしに鼻で笑った。

「だから、おまえはボケヤローだっていうんだ。ほかの奴らみたいにしおらしくしてりゃあいいのに変に煽《あお》りやがって」

「百円ぽっちであの糞《くそ》野郎に競り落とされるより、よっぽどマシだ」

「わかってねーな、おまえ。たった四万ぽっちでカタがつくと本気で思ってんのか?」

　ぐっと言葉に詰まる和也だった。

「何のための会員制だと思ってんだよ。ここでなら、何をやってもお遊びで済むんだ。たとえ裸にムシられようが、そんなもん『ゲームでした』の一言でケリがつくんだよ。全員が共犯者なんだから」

　玲二がそれを言うと、暗闇の中でわけもわからず全身に絡みついてきた手の感触を思い出してぞくりとした。

「ここにやってくる奴らはそういう刺激を求めてんだよ。濃厚で、派手で、後腐れのない、とびきりおいしいゲームをな」

「女に貢ぐ金はケチっても、ゲームにかける金は惜しまないってか?」

「そうだよ。そういう連中が、おまえみたいにとびきり活きのいい餌《えさ》を黙って見逃すわけねぇだろうが。ゲームをゲームとして割り切って遊べる奴ってのは、その気になりゃあとことんエゴイストになれるんだぜ」

「おまえみたいにか」

玲二は眉《まゆ》ひとつ動かすでなく、いきなり和也の髪をグシャリと摑んで耳元で低く凄《すご》んだ。

「忘れんなよ、和也。ここを出るまで、おまえは俺のもんだ。俺はおまえと違って、今更捨てるような恥なんか持ち合わせちゃいないからな。いつまでも片意地張って兄貴ヅラすんじゃねえよ。言ってわかんなきゃ、またヒイヒイ泣かせてやろうか？」

鼓膜を震わす最後の言葉が、錐《きり》のような鋭さで和也の脳天を突き上げた。

思わず和也の唇が引き攣《つ》れた。

細く切れ上がる酷薄な玲二の眼差《まなざ》しが強《こわ》い。

そのまま目を落としてしまえば、この場はそれで済むだろう。だが、それは更なる痛みをもって自分に跳ね返ってくるのだと知っていた。

和也が和也であるための、どうしても譲れない最後の一線。

玲二は一度、力ずくでそれをねじ伏せた。激痛と屈辱にまみれた陵辱《りようじよく》は、それがまったく予想もしなかったことだけに、麻美《あさみ》の手酷《てひど》い裏切りよりもはるかに深い傷となって和也の心と身体を切り刻んだ。

身体の傷は時とともに癒《い》えた。だが、痛みは憤怒よりも恐怖を伴って身体と脳裏に焼き付いた。

記憶は消えない。

……………消せない。

いつぶり返すかもわからない。

だからこそ、和也はもう一歩も引けなかった。

度を過ぎた反発は倍になって伸《の》し掛かる。しかし、それにびくついて腹を見せてしまえば更につけ込まれてしまう。

和也は力を込めて玲二の手を振りほどいた。

「玲二。俺はおまえがどこで何をやらかそうが別に知りたくもないし、聞きたくもない。おふくろが生きてた間はともかく、今は紙切れ一枚で繋《つな》がってるだけの関係だしな。今更おまえのやることに干渉するつもりはない。だから、おまえも、俺にケタクソ悪い尻拭いなんかさせんじゃねーよ」

「俺が、いつ、何をやらかしたって？」

「麻美だよ。あいつ、ガキができたんだってな」

「だから？　おまえにゃ関係ないだろ？」

否定も肯定もしない、いつも通りの冷たい口調。玲二には、流し目ひとつで股《また》を開く下半身の緩い女も麻美も、ただの性欲処理でしかないのだろう。それがわかっていないのは、たぶん麻美だけなのだ。

「麻美――来たぞ、俺んとこに」

瞬間。玲二は思いがけないほどの反応を見せた。

「あいつが、なんで?」

ことさら低くなる声音と相まって両の眦《まなじり》に刷《は》かれていくのは怒気にも似た険悪さであった。

「まさか、おまえ、あいつに頼まれて俺に会いにきたんじゃないだろうな」

余裕ありげなポーカーフェイスをかなぐり捨て、玲二は和也を睨《ね》めつけた。今にも和也の喉《のど》元を食いちぎらんばかりの狂暴な目をして。

和也は息を呑《の》んだ。

思い出したくもないモノが込み上げ、不意にフラッシュバックする。

和也は眉間《みけん》を歪《ゆが》め、掠《かす》れ声を絞り出すように言った。

「俺は、そこまで、おめでたくない」

「どうだか、な。おまえは俺と違ってお優しいからな」

同じ言葉を高志《たかし》からも聞かされた。その口ぶりは天と地ほど違っても、言葉の中に込められたトーンには同質のモノが滲《にじ》んでいるような気がしてならなかった。

「高志の母親が、俺に、どうでもおまえを引っ張って来いって言ったんだよ」

「久住《くずみ》のババアが?」

「おまえがガン無視するから、たぶん、向こうにも泣きついたんだろ」

「ガキをどうするかを決めるのは麻美だ。俺じゃない」

すこぶる明快に、平然と冷たく、玲二は切り捨てた。

「麻美だっておまえを捨てて俺と寝たんだ。今更ごちゃごちゃ言われる筋合いはねぇよ」

「なら。おまえ、このままずっとケツまくってるつもりなのか？」

「ケリはつけたぜ。ガキなんかいらないってな。それで充分だろ？」

（こういう奴だよなぁ）

ため息まじりに和也は口をつぐんだ。今更、玲二相手に世間の常識論をぶち上げてもしようがない。

言うべきことはちゃんと伝えた。高志があとで何を愚痴《ぐち》ろうが知ったことではなかった。

オークションはまだ続いている。

その熱気も、最奥のボックス席にいる和也には遠かった。

それでも、玲二と二人で肩を並べているだけで息が詰まる。胸にわだかまる痼《しこ》りを揉《も》んでほぐすように深々と息をついた。

……と。不意に玲二が言った。

「和也。俺は、紙切れ一枚の関係なんかで終わらせるつもりはねぇからな」

弾《はじ》かれて目をやれば、先ほどまでとは違う真摯《しんし》な目をした玲二がそこにいた。

和也が投げやりにその目を見返すと、玲二は胸倉をやんわり摑んで引き寄せ、切りつけるように恫喝《どうかつ》した。

「高見《たかみ》の家を出て行ったからって、それで俺と縁切りできたなんて思うなよ」

今の今どうして玲二がそんなことを言うのか、わからない。……振りをするのは簡単だったが、和也はここで無意味な押し問答をする気にはならなかった。

「覚えとけよ、和也。俺はおまえから離れない。——放さない。髪の毛一本、ほかの奴にくれてやるつもりはねぇからな。俺から逃げようなんて、甘いこと考えてんじゃないぜ」

人間、ツイてないときは何をやっても裏目に出る。

それがただの揶揄《やゆ》でも自嘲《じちょう》でもなく、多大な嫌悪感をともなって和也の脇腹を舐《な》め上げた。口の中は苦々しいものであふれ返り、じゃりじゃりと音を立てる。そのまま口を開けば際限なくこぼれ落ちてしまいそうで、唇を真一文字に固く引き絞った。

ゲームという名の茶番は針のムシロであった。

興味深げに投げかけられる無遠慮な視線は、ひっきりなしに和也の胃を刺激する。

こういうときは無理に逆らわず、流れに身をまかせ、ケチのついた運を黙ってやり過ごすのが一番。

わかってはいた。あがけばあがくほど墓穴は更に底が抜けていくのだと。

それでも、やはり、一度昂《たかぶ》り上がってしまった神経は必要以上に過敏になり、ほんのわずかな刺激にも過剰に跳ね上がってしまうものなのだろう。

長い、長い、和也にとっては胃がねじれてくるようなゲームがようやく終わって、軽いざわめきとともに人の輪が解《ほど》けていく。そんな中。どうにも形容しがたいほどに強張《こわば》った顔つきで秀次《しゅうじ》が歩み寄ってくるのを目にしたとき、和也は心底うんざりしたように足元に目線を落とした。

今はもう、何も考えたくない。

深々ともれるため息は、まるで鉄アレイをぶら下げているかのようだった。

そして、まったく別の意味で、秀次の口もまたひどく重苦しげであった。

「――レイジさん」

ぎこちなく、今にもぽっきり折れそうな硬い声で秀次がその名前を喉から絞り出す。

そんなことなど歯牙《しが》にもかけない冷たさで、玲二がこともなげに言ってのけた。

「こいつが世話になったな」

居並ぶ親衛隊の面々は思わず生唾《なまつば》を呑み込んだ。常と変わらぬ、惚《ほ》れ惚《ぼ》れするほどの端正さの中に、瞬間、彼らの知らない顔がのぞいたからである。

「行くぞ、和也」

呼び慣れたそのイントネーションに、彼らは常とは違う確かな脈動を感じ取った。男が、女が、どれほど切望しても決して得られなかった、熱き血の疼《うず》きを。

促されて、無言のまま和也が重い腰を渋り上げる。

秀次は眦をかすかに歪めたまま、唇の震えを噛《か》み締めるように低く問いかけた。

「そいつは、レイジさんのナンなんです？」

それは親衛隊が自ら課したはずのタブーであった。

『レイジ』を崇《あが》め奉っても、プライバシーには一切ふれてはならない。

その不文律をあえて切り崩してしまうほどに、和也に対する玲二の態度は青天の霹靂《へきれき》そのものであったのだろう。

偶像は、あくまで冷たく神聖であらねばならない。

もしかしたら、秀次は、親衛隊長を気取る思い込みの激しさゆえに玲二の行為が手酷い裏切りに思えたのかもしれない。

玲二は眉ひとつ動かさない。その、無言で他人を睥睨《へいげい》する視線の冷たさこそが彼らが欲してやまない『レイジ』であるのに、同じ顔、同じ声音でもって、玲二はいともあっさり彼らを絶望の淵《ふち》へ叩《たた》き落とした。

「こいつは、俺のだ」

彼らは金縛りにでもあったかのようにまばたきひとつしなかった。ただ和也だけが、

「そういうタチの悪い冗談は、やめろって言ってんだろうが！」

唇の端を歪ませて玲二を睨《にら》みつけただけだった。

嚙み締める怒りに言葉尻もかすれてしまう。それが傷口に塩を塗《ぬ》りたくるような玲二の言い様に対しての憤りなのか、それとも、いいように鼻面を引き回されている己のふがいなさに思わず拳《こぶし》も震えてしまうのか。和也にはその区別すらもつきかねた。

§　§　§

「おーおー、さすがの親衛隊も声ナシかよ。教祖様《レイジ》はやることも派手なら、言うことも過激だぜ」

和也と玲二を取り巻く一団を横目で眺めながら、常連組からそんな声がもれた。

皮肉？

嘲笑《ちょうしょう》？

それとも、単なる当てこすり？

「マジで顔がひきつってんぜ、あいつら」

「青天の霹靂だろうからな」

「あれは親衛隊長自らのお声掛かりだって聞いたけど？」

「策士、策に溺《おぼ》れるってやつ？」

これ見よがしの含み笑い。

「違うだろ。狼《おおかみ》を野良犬と間違えて噛みつかれちまったもんだから、アワ食って真っ青になってるだけさ」

「まあ、そうだよな。いくらゲームだからって目の前であんだけ濃厚なやつを見せつけられた日にゃ、あいつらでなくったたって脳みそ沸騰しちまうぜ」

まんざら冗談とも思えない口調にも、あえて誰も異を唱えない。大なり小なり、それが彼らの本音なのだろう。

ゲームがゲームとして機能する、危うい一線。ほんの瞬間、彼らはそこに、噂《うわさ》でしか知りえないカリスマの本性を垣間見《かいまみ》たのかもしれない。

「けど、見物料払っても惜しかないゲームってのは久々なんじゃないか？　あのレイジを本気でひっぱたける奴がいたってだけでもな」

「あれって、絶対にワケありだよな」

言葉の端々にこもる、ひそやかな好奇心。それが膨《ふく》れ上がって弾《はじ》ける前に、

「またひとつレイジの伝説が増えたってだけのことさ」

誰かがことさらそっけなくいなす。

「そうそう。出すぎた好奇心は身を滅ぼす……って、な」

落ちる先はそこしかないのだ、言外に匂《にお》わせて肩を竦《すく》める。無関心なのではなく、それが常連組としての暗黙の了解なのだと言わんばかりの口調だった。

ゲームはあくまでお遊びなのだ。たとえ、それがどれほどの顰蹙《ひんしゅく》ものであっても、この『アモーラル』では笑って許される。だからこその会員制なのだ。

プライベートなトラブルは持ち込まない。ホールのドアを一歩でも外に出てしまえば、詮索《せんさく》

も執着も持ち出さないというのが唯一のルールになっていた。むろん、掟破《おきて》りにはどんな弁解も許されず、二度と聖域の扉は開かれない。

この『アモーラル』ではどんな肩書きも名声も通用しない。ここでは客が店を選ぶのではなく、店が客を選別するのだ。

選ばれた者だけがゲームを、その場限りの享楽を共有する。その、淫靡《いんび》な共鳴感《シンパシー》。

選ばれた者たちのプライドはそれを失うことを恐れる。

自ら望んで放棄するのではなく意志に反してそこから脱落するということは、そこで知った遊びの分だけ人生がマイナスに傾いていくのだと、本能的に嗅《か》ぎ取っているのかもしれない。

それでも、やはり好奇心は疼く。味をしめたらキリがなくなると知ってはいても。

「なあ、レイジは、十三階まで顔パスだって聞いたけど、ホントかな？　あそこはプラチナ・カードでなけりゃ上がれないって、もっぱらのウワサだろう？　遊びももうワンランク上の凄いやつが楽しめるって。オーナー自身がそこのホストとしてレイジを口説いてるって、やっぱりホントなのかな？」

なにげない口調で、誰かがさりげなく問いかける。

「エッジ、あんたはどう思う？」

問われて。常連の中でも古株だという噂の青年は優しげな顔に妙に白々とした冷たさをのせて言った。

「噂ってのは、ありそうでなさそうなことをシャッフルして誰かがこっそりもらすからウワサって言うんだ。そしたら、あとはひとりでに人の口から口へ転がっておもしろおかしく膨れ上がってくれるからな。本当なのか、嘘《うそ》なのか。そんなことはどーでもいいんだ。要はうまく転がってくれるか、それとも途中でけつまずくか、そのどっちかなのさ。くだらないウワサにとっ捕まって変な色気を出す奴は間違いなくブラック・リスト入りだ」

すかすでなく、変に凄むでもなく、淡々と言ってのける。

そうすると、もう誰も何も言えなくなる。『エッジ』と呼ばれる彼にはそういう切り口の鋭さがあった。

エイジがなまって『エッジ』になったのだとか、顔に似合わない鋭利な性格からついたあだ名だとか、誰も本当のことは知らない。

ここで呼ばれる通り名だけが唯一の存在証明なのだ。ドアから出てしまえばそれは蜃気楼《しんきろう》のように消えてしまうのだと、彼らは知っている。だから、本名が何であるのかなど誰も気に留めたりはしない。

だが。それでも。磨けば光る原石は特有のオーラを発散する。たとえば、エッジのように。あるいは、和也が思いもせぬ牙《きば》を隠し持っていたように。強すぎる存在感はそれだけで人を惹《ひ》くのだった。

「ゲームは余計なことを考えないでやるから、おいしいお遊びなんだぜ。欲をかいたら、それでおしまいさ。それでも、どうしても気になるって言うんなら公開質問状でも出してみたらいいんじゃねーか？　自分のメンバーズ・カードを賭《か》けて。そしたら、どっちに転ぶにしろ名前だけは残ると思うぜ」

白々と気まずい沈黙が落ちる。そして、それは落ちたきり二度と弾まなかった。

§　§　§

そのとき。

「秀次、さん」

痰《たん》が喉に絡んだような不快な声で不意に名前を呼ばれ、小池《こいけ》秀次は詰めた息をゆっくり吐き出した。

視界の中にはすでに和也と玲二の姿はない。

それでも。玲二がこともなげに投げつけた最後の言葉に目も耳も、鼓動すらもが呪縛《じゅばく》されていたのだと今更のように気づく苦々しさがあった。

その傍らで、更に低く別の声が落ちた。

「あれって——冗談だよな」

目の前で見せつけられた光景が、思わず耳を疑うような意味深な言葉が、いまだに焼きついて離れない。

　そんな、ありありとショックのこもったつぶやきを蹴《け》りつけるように、秀次は横目で男を睨みつけた。

「冗談に決まってんだろ。レイジさんは誰のモンにもならねえし、誰も欲しがらない。どんなイイ女とだってそうだった。これまでも、これからも、何も変わりゃしねぇよ」

　目に、口に、ことさら強いものを込めて吐き捨てる。胸に痼る不快感をすべて絞り出すような硬い声で。

「けど、よ。レイジさん、けっこうマジだったんじゃねー?」

「だよな。フツーなら、俺たち相手にあんなこと絶対言いっこないのによ」

「もしかして、あいつにヤキ入れるつもりで、俺たち、とんでもないドジ踏んじまったんじゃねーの?」

「案外、あいつ、ほんとにレイジさんの兄貴だったりして」

　自分で自分の言ったことにブルってしまったのか、言葉尻がかすれて、そのままプツンと切れた。

「バカ言ってんじゃねえよッ。いくらゲームだからって、ギャラリーがいっぱい見てんだぜ。ンなとこで兄弟があんな濃厚なやつ、やれるわきゃねえだろッ」

　重くどんづまりになった沈黙を張り倒さんばかりの激しさで、秀次が一蹴《いっしゅう》する。

だが、沈黙は更に深く抉《えぐ》れただけで揺らぎもしなかった。

あしざまに秀次は舌打ちをもらす。

吊《つ》り上がった唇の歪みは消えなかった。

圧し殺した声を荒らげて一応否定はしてみせたものの、喉に小骨が突き刺さっているような違和感は拭えない。

レイジが世間で言うところのモラルを足蹴にして憚《はばか》らない『エゴイスト』であることは、誰もが知るところだ。逆に言えば、それがレイジの『カリスマ』であり、親衛隊を気取る連中にとってはなくてはならない歪んだ誇りにもなっていた。

『レイジ』ならば、たとえ実の妹であっても平然と犯《や》ってしまうのではないか。

皮肉まじりにそんなジョークが飛びかっているのを知ったとき、秀次はひとりほくそ笑んだものだ。クズどもが陰でこそこそ管を巻いてんじゃねぇよ——と。

負け犬の遠吠《とおぼ》えは親衛隊のプライドをくすぐる。それは、裏を返せばレイジへの惜しみない讃辞なのだから。

『カリスマ』に禁忌は似合わない。

だから、誰もが常に一歩下がってレイジを見上げるのだ。男も、女も、畏怖《いふ》に潤んだ熱い眼差しで。世間の常識と、見栄と、理性に囚《とら》われた殻を打ち破れずにいる小市民の自分を卑下しつつ。

だからこそ、レイジは誰もが認める聖域でなければならないのだと。秀次はずっとそう思ってきた。そんな自分を、誰がどう嘲笑《あざわら》おうともだ。

『レイジ』は、自分では成しえない世界を具現してくれるダーク・ヒーローだった。

理性では御しきれない誘惑を、世間は背徳と呼ぶのだ。

そう呼ぶことで自戒する。背徳が、この世で一番甘美な毒だと知っているからだ。

レイジは、闇の中に燦然《さんぜん》と咲き誇る悪の華でいい。

いや、誰にも熱くならないナルシストこそが似つかわしいのだ。

常識外れの背徳者と呼ばれることで、レイジは更に美しくなる。輝きを増す。それこそが秀次の理想の偶像であった。

秀次は今更のように歯噛みする。

なんの気負いもためらいもなく、レイジを呼び捨てた奴。

その無作法をシメてやるつもりが、したたかに開き直って、しかも思いがけない牙を剝《む》き出しにした。

藪《やぶ》をつついて、とんでもない毒蛇をいぶり出してしまったのだと、ひとり臍《ほぞ》を嚙む。

切れるような鋭さを込め、怖れげもなくレイジを見返した双の黒瞳。あれは常日頃レイジと対等を張ってきた目だと、秀次は気づいてしまった。

（あいつはダメだ）

不快感もあらわに秀次はその言葉を呑み下す。それが嫉妬《しっと》を過ぎた嫌悪だと自覚もしないままに。

11　兄弟という名の他人

都会の夜は眠らない。

くすんだ闇がただ深々と堕《お》ちていくだけ。

夜の喧騒《けんそう》は沈まない。道行く人の首筋を舐め上げ、ねっとり腰にまとわりついて離れない。

毒々しくも華やかに競うネオンの渦。

暑苦しさに思わず息が詰まるのは、闇が孕《はら》む猥雑《わいざつ》さに髪の先まで搦《から》め捕《と》られてしまいそうな気がするからなのか。

違う。

そうではない。

今、このとき。玲二《れいじ》と肩を並べて歩くのが、和也《かずや》にはたまらなく苦痛なのだ。

どうあがいても埋まらない、体格という名の格差。和也だって男の平均値は充分に保っているのだが、ネコ科の大型肉食獣もどきのしなりのきいた長身に独特の酷薄さをまとった玲二が相手では、所詮勝負にはならない。

外見の良さといい、芯《しん》の通り具合といい、タメを張って見劣りしないのは高志《たかし》くらいなものだろう。

玲二と高志。剛と柔ほどの性格の違いはあれ、そこにまざまざと『高見《たかみ》』の血筋の濃さを見せつけられる思いがした。

羨望《せんぼう》とも嫉妬ともつかない、それゆえの、ひそかな安堵《あんど》感。

反面、別方向での自覚は更に痛烈であった。彼らの中で自分一人だけが他人なのだと。

なのに、玲二は和也の両腕を摑んで放さないのだ。

有無を言わせず、同じ目の高さまで引きずり上げようとする。

なぜ？

どうして？

価値観の違う者が同じ目線で同じ物を見つめても、それは平行線にしかならない。互いが尊重し合い歩み寄らない限り、接点を見いだすことはむずかしい。

力でねじ曲げたものは、いずれ軋《きし》んで跳ね上がるか、歪んだままポキリと折れてしまうものなのだ。そうまでして、玲二はいったい自分に何を望むのか。

和也にはわからない。

いや……。わかりたくもないというのが本音なのだ、たぶん。

玲二が視界の中にいるだけで、何か落ち着かない気分になる。

以前はそれがくっきりと明確だった。

嫌悪と怒り。そして、ひとかけらの同情。

けれども、今は。憤怒と嫌悪が重なり合うそのわずかな隙間《すきま》で何かしら疼きしぶるものがあった。

親が再婚して、兄と弟になった。

その枷《かせ》が外れてしまえば、残るのは『元は他人』という紙切れ一枚の重さでしかない。和也はそう思っていた。それを『縁』と呼ぶか『絆《きずな》』と呼ぶかで、その重みもイカダとタンカーぐらいの違いは出てくるものなのかもしれない。

§　§　§

『あんた』

『おまえ』

『和也』

出会い、ともに暮らして、和也が高見の家を出るまでの七年間。玲二は確固たる意志を込めて、三度、和也の呼び方を変えた。

二歳年下の義弟は、端正な容貌《ようぼう》の下に、和也が考えもつかないほどの鋼の神経を張り巡らせていたのだ。

双眸《そうぼう》に潜ませた、あからさまな敵意。

冗談では済ますことのできない、皮肉。

辛辣《しんらつ》なトーンが孕む、奇妙な執着。

ときおり垣間見せる、冷やかな微熱。

そして、これ見よがしの反発。

実父ではなく、義母でもなく。玲二の視線は常に真っ向から和也を見据《みす》えて放さない。だから、和也も目を逸《そ》らさなかった。

対抗意識ではない。それが和也なりの、家族としての付き合い方だと思ったからだ。

譲れない一線は和也にだってある。下手に遠慮をしてなし崩しになるのが嫌だった。

赤の他人がひとつ屋根の下で暮らすのだから、そこらへんは最初からきっちり線引きしたほうがいい。そう思った。玲二とはまったく打ち解ける気がしなかったからだ。

そして、ふと気がつくと無視しようとしても無視できなくなった。玲二がそれを許さなかったからである。

暗く淀《よど》んだ激情は冷たく痺《しび》れるほどの熱を孕んで鋭利な鋲《びょう》となり、和也の身体と心を深々と穿《うが》った。

目線は常に対等であったはずなのに、玲二の本音がどこにあるのかわからない。ふと振り返ったとき、すでに、和也は身動きが取れなくなってしまっていた。

『あんたなんか、認めない』

初めて出会ったそのとき、玲二は和也にそう宣言した。

それは、つまり、たとえ両親が離婚して今は親権のある母親と暮らしていようが、高見祐介《ゆうすけ》の息子は自分ひとりだけ――そう言いたかったのだろうと思った。

だから、和也は黙って許したのだ。名前も知らない少年の敵意に満ちた暴言を。大切な人を他人に取られてしまうという、理屈抜きの憤りとやるせないほどの喪失感を、和也もまた身に沁《し》みて味わったひとりであったからだ。

高見祐介は懐が深く、あたたかい。その居心地の良さを知っているだけに、離婚という大人の身勝手で当然そうあるべき場所を奪われてしまった玲二への同情めいた思いもあった。少なくとも、そのときまでは。

それはそれとして、すでに結婚も秒読み段階に入っている現実は動かない。

和也は、高見祐介には彼のような息子がいるのだという事実だけをしっかりと受け止めた。子どもの領分として和也にできる、それが唯一のことだったからである。

それまで和也は、やがては義父になる祐介の過去にはほとんど関心がなかった。

いや、深く詮索をする必要がないほど祐介は好ましい存在であったと言うべきだろうか。

興味本位の視線の嫌らしさには、嫌悪しか感じない。そういう和也の実体験からくるモット

ーは、ひたすら、

【己の欲せざるところ、他人に施すことなかれ】

——である。

和也と由美子《ゆみこ》に必要なのは現在の祐介だけなのだ。聞いて痼りが残るような過去なら、知りたくもない。自分でもかなり冷めてるなあ……とは思ったが、それが偽らざる和也の本音であった。

和也は玲二に会ったことは誰にも話さなかった。

祐介との『結婚』をはっきり口にする以上、由美子はすべてのことを承知しているであろうし、必要があれば、そのどちらかが和也にそれを告げるだろう。そう思った。

大人の領分と、子どもの領分。重なり合ったわずかな部分を除けば、親子といえども個別の人生がある。それを言うと、他人はますます『可愛《かわい》げがない』と眉をひそめるだけだろうが、和也は和也なりにはっきりとそれを自覚しないではいられなかった。

§　§　§

深夜のタクシーはなかなかつかまらない。

それが眠らない都市の常識だといわんばかりに、タクシー待ちの長い行列は、先ほどからまったく動かない。

正確に言うのなら、動かないのは順番待ちの足元だけであって、彼らの目も口もおもしろいほどによく動いた。玲二がそこにいる、というだけで。

……うわぁ、あの人素敵ィ。

……すっごいイケメン。

……モデルかな。

……威圧感ありすぎだろ。

……何、あのスカした態度。

……絶対に友達にしたくないタイプだろ、あれ。

(聞こえてんぞ。おまえら少しは声《ボリューム》落とせよ)

内心、和也は毒づく。

ケジメのない無遠慮な視線だった。

あからさまな好奇心を隠そうともしない。

羞恥《しゅうち》を忘れたつぶやきは和也の頬をかすめ、幾重にも玲二に絡む。傍らの和也が居心地悪くなってしまうほどに。

だが、玲二は平然としたものだった。好奇の視線に晒《さら》される硬さも、気取りもない。我、関せず——を貫き通していた。

軽く浮かせた双眸は一点を見つめているようで、その実、何も見てはいない。

酷薄な唇に刷かれているのは、見事なまでの無関心。

厚顔無恥のエゴイストはそうやって一枚の絵になる。人の気をそそるには充分すぎるほどの端正さでもって。

美しさは誰の目も拒まない。真理である。

――いや。衆人に見つめられることで、美しさは絶えず磨かれていくのかもしれない。

言葉を奪う感嘆と、羨望のため息。そして、その狭間《はざま》で揺れる理不尽なジェラシー。それらが絡み合い、ひとつに溶け、美は更なる艶《つや》を醸し出すのだろう。

まとわりつく視線は薙《な》いでも削《そ》いでも断ち切れない。

それゆえに美しさは、時としてひどく傲慢《ごうまん》なのだと和也は知っている。

不遜《ふそん》な態度すらもが許容される美貌。幻惑する玲二の個性が半端でない分、煽りを食うのは常に和也のプライドであった。

慣れることのない軋轢《あつれき》が視界を歪めていく。そそけ立つ神経がある種の剣呑《けんのん》さを孕んでも、他人にその痛みはわからない。声を荒らげて拳《こぶし》を振り上げれば、世間はそれを、できすぎた義弟に対するジェラシーだと言うだろう。かつての麻美《あさみ》がそうであったように。

(こいつは、俺をどうしたいんだ?)

玲二の端正すぎる横顔を注視し、束の間、和也は自問する。まっとうな答えなど出せるはずがないと知りながら。

そのとき。不意にクラクションが鳴った。夜の喧騒を蹴散らすかのように、二度、高く。

つられて目をやれば、待てど暮らせどやってこないタクシーの代わりに、曇りなく磨き上げられたボディがひたすらまぶしいメルセデス・ベンツが一台、その存在感を誇示していた。

気品にあふれたロングボディの五六〇ＳＥＬ。一千万円は軽く超えているだろう高級車の頂点は、車重を感じさせないほどの優雅さだった。

……すごい。

……スゲー格好いい。

……マジでお迎え？

……誰の知り合い？

ざわめきが互いの顔色を窺《うかが》いつつ、視線は前後左右へと流れていく。

そんな中、和也はいきなり腕を取られてハッと玲二を見上げた。

相変わらずのポーカーフェイスで玲二が顎《あご》をしゃくる。どうやら、玲二の知り合いのようだった。

「俺は…………」

タクシーで帰る。

そう言いかけた言葉が数多《あまた》の爆《は》ぜるような視線を浴びて思わず途切れた。

剝き出しの好奇心が、熱く痺れるような沈黙を生む。

毎度おなじみの、それでも決して慣れることのない不快感。目は口以上にモノを言うのだ。

更に、それを煽るかのように玲二が平然と肩に手を回す。とたん、何とも形容のつかないざわめきが渦を巻いて膨れ上がった。

（絶対に嫌がらせだろ）

唇の端が思わず吊り上がる。

とっさにその手をはたき落とそうとして、ふと思いとどまる。

そのまま、玲二が促すままに歩調を合わせて歩いて行く。

度を過ぎた反発は沈黙を更に刺激する。玲二の嫌がらせを真に受けて、これ以上の晒し者にはなりたくなかった。

（ホントに、こいつはタチが悪い）

胸の底で煮える重苦しさは、ベンツに乗り込んだとたんに別の息苦しさにすり替わった。

ゆったりとしたウールベロア・シート。ほんの目と鼻の先で、あの艶声の主が悠然《ゆうぜん》とくつろいでいたからだった。

「あっ……どうも、すみません。その……おじゃま、しちゃって」

我ながらボケた台詞《せりふ》だとは思いつつ、ぎくしゃくと和也は会釈した。

人目も憚《はばか》らずに存在感を誇示するベンツの主としては、あまりにもハマりすぎて恐い。それが正直な心境であった。

「どうせ帰り道なのでね。この時間帯じゃタクシーを拾うのも大変そうだから、足代わりに使ってもらってかまわない」

美々とした微笑を口の端に乗せて彼は言った。

(足代わりにベンツ………)

庶民には恐れ多くてかえって恐縮してしまう。

オークション・ゲームのときよりははるかに彼の雰囲気は柔らかい。それでも、根はやはり硬質のダイヤモンドなのだろうと和也は思った。輝きも質も落とさず、ＴＰＯに応じて一般レベルの美意識まで採光を和らげる術《すべ》を知っているだけ、彼は常識人なのだ。たぶん。

「じゃあ、お言葉に甘えて」

その言葉尻を遮るように、玲二が対面シートに座っている彼を見やった。

「鳴海《なるみ》までやってくれ」

瞬間、三者三様の沈黙が跳ねた。鳴海は高見の実家だが、まさかそれで通じるのかと少し不安になった。

「――君は?」

たっぷりと間を置いて彼が和也を促す。和也はあわてて玲二から目を離し、

「俺もそこで……。近くだから」

本当はアパートとは逆方向なのだが、わざわざ回ってもらうには気が引けた。それよりも、玲二が高見の家へ帰るつもりなのだと知り肩の荷が下りたような気がして和也はどっかりとシートに身を沈めた。

§ § §

肌を打つ、シャワーの飛沫《しぶき》。

間断なくまとわりつく熱が全身を巡り、けだるさにも似た心地よさが疲れきった心をゆうるりと揉みほぐしていく。

頭上から降りしきるのは、ともすれば眠気を誘うような単調なリズムだけ。

次第に、飛沫の音が遠くなる。

ゆるく。

弱く。

……………浅く。

何も見えない。

何も聞こえない。

肌をすべり、絡み、雫《しずく》がゆったりと鼓動を蕩《とろ》かしてしまうその寸前、和也はひとつ深々とため息をもらした。

それでも、まだ、和也は微動だにしない。まるで、懺悔《ざんげ》に頭を垂れる苦悩者のように。

そう………。

和也は後悔していた。車《ベンツ》を降りたあのとき、なぜ、そのまま玲二の手を振り切ってしまわなかったのかと。

高見の家に戻るつもりはなかったのだ。まして、玲二と二人でこんなふうに。

あのとき。

遠ざかるベンツのテールライトをしばし見送ったあと。

「じゃあ、な」

踵《きびす》を返した和也は、『おい』でも『待てよ』でもなく、

「ケツの穴の小さい奴は女に嫌われるぜ」

あからさまな嘲笑にじっとり首筋を締め上げられて、思わず足を止めた。

「怖いんだろ？　俺が」

更に追い討ちをかけるように玲二が喉で笑う。

挑発だと知っていた。振り向かずにその場を去らなければ、あとできっと後悔する。理性がそっと耳打ちするまでもなく、それは充分すぎるほどにわかっていた。なのに。

「俺とふたりっきりになるのが怖くてたまんないんだろ？　和也」

封印したはずの傷に、いきなり手首までねじ込まれたような気がしてカッとした。

男としてのプライドを逆撫《さかな》でにして踏みつける。それが玲二のやり方なのだと重々承知の上で、振り向かずにはいられなかった。

「俺が、なんだって?」

ことさら低く声を絞り上げた。ぬるま湯にどっぷり浸かったかのような深夜の闇が、和也の周りだけ一気に冷え込んでしまったように。

玲二は平然と言ってのけた。

「こんなとこでいくら凄んだって痛くも痒《かゆ》くもねえよ。続きは家に帰ってからやろうぜ」

和也は迷った。ためらうことなど何もないはずなのに、なぜか、和也は前にも後ろにも踏み出せなかったのだ。

「——和也ッ」

しなるようにひと言、玲二が促す。沈黙は落ちたきり二度と弾まなかった。

そのとき、不意に、高志の声が頭の隅をかすめ走った。

『逃げるなよ、和也。逃げまくってたって何の解決にもなりゃしないぜ』

そして、和也は一歩を踏み出したのだ。曖昧模糊《あいまいもこ》とした苦さを噛み締めつつ、その場から一歩たりとも動こうとしない玲二に向かって。

バカだと思う。

玲二の、これ見よがしの挑発に乗せられた自分が嫌になる。

（いつからだろう）

和也は自問してみる。

両親が健在であった頃は、母親《由美子》という堅固な歯止めがあった。

玲二が何を言っても歯止めがあるうちは耐えていられた。余裕をもってと言うには語弊があるが、少なくともじっと前を見据えて立っていられた。

けれども。両親の突然の事故死で二重の意味での支えを失ってしまったとたん足下がぬかるんでしまったのかもしれないと、和也は歯噛みせずにはいられない。

母親を支えているつもりが、実は支えられていたのだと気付かされる驚愕《きょうがく》は、一瞬目の前がぐらりと歪んでしまうほどのショックだったのだ。

悪意の刺には、和也自身あずかり知らぬ過去の怨嗟《えんさ》がたっぷりと塗り込められていた。高校受験を間近にしたあの日、玲二はそれをはっきり口にすることで和也の心に最初の毒を落としたのだ。疑惑という劇薬を。

そして、ゆっくりと確実に毒を垂れ流し続けた。窒息寸前の息苦しさに、和也が喉を胸を掻《か》き毟《むし》るまで。

記憶はたぐり寄せるまでもなく、胸糞が悪くなるほど鮮明だった。

§　§　§

そこは、奇妙に残暑のなごりを感じさせなかった。

今はもう、主人を失ってしまった侘《わび》しい部屋。

きちんとベッド・メイキングされたままのツイン・ベッドが目に痛い。まだたったの二年しか経っていないのだと思うと、とたんに胸が詰まった。

ステップインクローゼットの奥には義父の書斎がある。仕事に熱中しだすと、一日中ここに籠《こも》りっきりになったものだった。

机上のパソコンは埃《ほこり》をかぶって久しい。びっしりと壁を埋める書棚に目をやり、そこに在りし日の義父と母のポートレートを見つけ、和也はひとつ深々とため息をもらした。

「やっぱり、はっきり聞いとくべきだったかな」

愚痴ともつかない独白はぽたりと落ちたまま二度と弾まなかった。

聞いて痼りを残すようなことなら、このまま何も知らないほうがいい。和也はずっとそう思ってきた。

親の領分、子どもの取り分。

誰の目から見ても同じ真実など、どこにもありはしない。

和也はシングルマザーである母親の苦労をその目で見て、耳で聞き、肌で感じてきた。未婚で子どもを産むことの社会的ハンデは注がれる愛情にはいささかの影も落とさなかったが、その分、世間の目も口も厳しかった。

それもあって、和也はよけいな細波《さざなみ》を立てたくなかったのだ。

確かに、玲二の思わせぶりな台詞には、後頭部をハンマーでしたたか殴りつけられたようなショックはあった。父親が誰であるかという真実よりも玲二と血を分けあっているかもしれないという驚愕が、である。だが、それだって、うろたえて頭を掻き毟るほど切実な問題ではなかった。少なくとも、そのときはまだ。

和也にとっての最優先は、母親の幸福であった。

玲二を迎え入れたことで、家族はまだぎくしゃくとぎこちなかった。そんなときに真実を問いただせば、最悪の場合、家族の絆は更にこじれてバラバラになってしまうのではないかという危惧《きぐ》が常に頭にあった。

過去に引きずられて今の幸福が崩れてしまうのなら、疑惑は限りなく灰色でありさえすればいいと思ったのだ。選択肢が残されている限り、あとは気の持ちようではないかと。

しかし。今、和也は白刃の上を素足で歩かされているような気分だった。

圧倒的な力でねじ伏せられた屈辱。

無理やり身体を刺し貫かれた恐怖。

なぜ、どうしてあんなことになってしまったのか。和也にはいまだに理解できない。

赤の他人である年下の男に強姦《ごうかん》されるのと、血の繋がりのあるかもしれない義弟にレイプされるのとでは、同じ地獄でも天と地の開きがある。近親相姦《そうかん》――その言葉が持つ重みを考えると和也は全身がそそけだつ思いがした。

そうなのか。

――違うのか。

今ではもう、母親に確かめる術もない。

和也と玲二の兄弟鑑定――DNA鑑定をすればそれなりの結果は出る。

正直、それで決着がついてしまうのは……恐い。最悪の場合、逃げ道がなくなってしまいそうで。

「何やってんだ、おまえ、こんなとこで」

玲二の声が背中を刺した。

ハッとして、和也が振り返る。

ボクサーショーツ一枚に両肩からバスタオルを無造作に引っかけただけの玲二は、大型肉食獣もどきの肢体を惜しげもなく晒し、ある種の威圧感でもって和也の退路を断った。

「親に、家出の詫《わ》びでも入れてんのか？」

「ここはもう、俺の家じゃない」

明確に、和也はそう断言した。玲二を見据えた視線は熱くもなければ昂りもなかったが、みじんも揺るがなかった。

「泣くぜ、あの人が。墓の下で」

低めに絞った玲二の声音もまた清冽《せいれつ》であった。だから、和也は和也なりに真摯であろうと思ったのだ。

「だったらちゃんとしろよ、おまえが。そのほうが父さんも喜ぶ」

過去、何度となくくり返されてきた台詞である。そのたびに玲二は、取り付く島もないほどの冷淡さでそれを否定し続けてきたのだが。

「父さん、ね。あの人も本望だろうよ。おまえにそう呼ばれて死ねたんだからな。しかも、おまえのおふくろと一緒にだ。あの世でも相変わらずよろしくやってんだろうぜ、きっと」

接点の見えない不毛な会話が、ある日突然、些細《ささい》な一言で視点そのものが変わってしまうことがある。

玲二の口調には、甘さも、毒も、冷罵《れいば》もなかった。あるのは清々とした想いだけ。

和也は一瞬、錯覚した。実父に対する痼りも反発も拒絶も、その対象を失ってしまえば次第に薄れていくのではなかろうかと。他方で、そんな柔《やわ》な奴ではないと自覚しつつ。

「前にあの人に聞いたことがある。一度失敗してズタボロになったくせに、性懲《しょうこ》りもなくなんでまた再婚なんかする気になったのかって。おまえ、わかる?」

「母さんは、俺に『好きなのよ、その人が』って、言った」

「へぇー、さすがツーカーなわけか。まいったね。焼けぼっくいに火がついただけの中年の狂い咲きかと思ってたのに。つまりおまえのおふくろって、あの人にしてみたら本当に運命の女だったわけだ」

和也は呆気《あっけ》に取られてまじまじと玲二を見やった。

実母という存在そのものを拒絶し、実父の慈愛にすら背を向け、恋愛などエネルギーの無駄遣いとしか思っていないような玲二の口から、まさかそんな言葉が突いて出るとは思いもしなかった。

「なんだ。そんな顔して」

「おまえでもそんなキザなセリフが吐けるのかと思ったら、目が点になっただけだ」

玲二は反論しなかった。かすかに、唇の端で笑っただけだった。

「――じゃ、俺、部屋にもどる」

潮時だと思った。だが、玲二はそこから動こうともしなかった。

「まだ、いいだろ？　つもる話もあるしな」

「俺にはない」

「あるさ。突っ立ったまんまじゃ話をする気にもなれないってんなら、ベッドの中でもいいんだぜ、俺は」

和也の眦が険を刷いてきつく吊り上がった。

玲二は歯牙にもかけず言い放った。

「半年間離れてみて、骨身に染みたぜ。片割れの存在感ってやつをな。身も心も、なんて贅沢《ぜいたく》を言うつもりはない。とりあえず、今は身体だけでいい。——抱かせろよ」

頭から冷水を浴びせられた気がした。タチの悪い冗談でも毒のあるカラミでもなく、玲二は本気なのだ。それがわかっているからこそ、正気だとは思いたくなかった。

「おまえ——自分が何言ってんのか、わかってんのか？」

圧し殺した声音には怒気よりも嫌悪が、嫌悪の中には隠しきれない怖じ気《おけ》が滲む。

「おまえとヤリたいって言ってんだよ」

「気色悪いこと言うなッ！　相手が違うだろ、相手がッ！」

「脱げよ。無理やり脱がせるのって、けっこう骨が折れるからな」

話が嚙み合わずにズレていく寒心をどこにぶつければいいのか、和也にはわからなかった。

「こないだみたいにブン殴られてヤラれたかないだろ？　だったら、さっさと自分で脱げよ」

和也の意志などまるでお構いなしに、うっそりと玲二が歩み寄ってくる。

目に見えない壁に気圧《けお》されて和也が後退《あとずさ》りはじめる。

見交わす視線は互いの双眸に食らいついたまま離れず、和也が一歩下がるごと、玲二が一歩踏み出すごとに、沈黙は切れずにより深く狭まっていく。

追われて、追い詰められて、鼓動が冷たく跳ね上がる。

もう一歩も退けない崖《がけ》っ縁《ぶち》まできたとき、和也は後ろ手に机の端をしっかり握りしめた。がっちりしたその手応えにすがるように。

「逃げられやしないぜ。わかってんだろ?」

「――『タラシのレイジ』が、いつ宗旨変えしたんだ」

「勘違いすんな。俺は別に男とヤリたいわけじゃない。相手がおまえでなきゃヤローの手にだって触りたかねぇよ。女なら構やしないけどな、誰だって。適当に遊べて、後腐れなくヤラせてくれる女ならな。けど、おまえは別だ」

「どこがッ。相手が俺なら、手かげんなくいたぶれるってだけのことだろうがッ」

下腹に精一杯の力を込めて玲二を睨めつける。後ろ手のままゆっくり、和也は引き出しの中をまさぐりはじめた。

「だからって、このまま、おとなしくいたぶられてやる義理はないんだぜ」

指先が冷たい金属にふれた。ゆうるりとなぞってみる。

カッター・ナイフだった。

「そんな大口叩いていいのかよ。おまえ――ほんとは怖いだろ? 俺が」

言うなり、玲二は有無を言わせず腰を押しつけてきた。

脊髄《せきずい》反射的に、和也の背中がびくりと引き攣れた。

「よ……せッ!」

「覚えてるぜ、俺は。後ろに指を突っ込んだだけでヒイヒイ泣き喚《わめ》いてたもんな、おまえ」

蒼《あお》ざめた和也の顔から更に血の気が抜けた。

「あのとき、何を口走ったのか。おまえ覚えてないだろ？　『やめて』『痛い』『恐い』頼むから抜いてくれって、真っ青なツラで涙ポロポロこぼして俺にしがみついてきた。——可愛かったぜ、おまえ。なにしろバック・バージンだったもんな」

「——やめ…ろッ」

「おまえが唇震わせて俺の名前を呼ぶたび、背骨までゾクゾクしちまった。最初はただ、紙切れ一枚の重みがどれほどのもんか骨の髄まで思い知らせてやるだけのつもりだったんだ。男とヤるのは俺も初めてだったし。だから、最後の最後まで冷めたままでいられると思ってた。けどな、かすれ声引き攣らせてのけぞるたび、おまえ、俺をキリキリに締めつけるんだ。もう、脳みそがぐちゃぐちゃになるくらい気持ちよかったぜ」

「やめろって、いってんだろうがッ！」

「セックスがあんなに熱くて身体の芯まで蕩《とろ》けてしまうんだとは思わなかった。——病みつきになりそうだ。なあ？　和也。そうだろ？」

平然と玲二が手を伸ばしてくる。その手を叩き落とす代わりに、和也は摑んだナイフを玲二の下腹に押し当てた。

「俺にさわるなッ」

噛み殺しきれない昂りが、和也の双眸から噴き上げた。

灼《や》けつくような屈辱と嫌悪を刃先に込めて、ゆうるりと身じろぐ。もれる吐息は熱く、鼓動は早鐘のようであった。

玲二はわずかに片眉を跳ね上げただけで、たじろぎもしなかった。それどころか、嘲笑まじりに和也を挑発さえしてみせた。

「ンな、ちゃっちいモンで、ちゃんと俺が刺せんのか？」

「刺されたくなきゃ、退け。冗談なんて思うなよ」

切っ先に力を込める。ただの脅しではないことを、はっきり態度で示したかったのだ。

「つまり、おまえはちゃんと自覚してるわけだ。こういうモンに頼らなきゃならない、自分の非力さを」

和也はいきなり痛烈な平手打ちを食らったような気がして、瞬間息が詰まった。

そんな和也の動揺を玲二は見逃さなかった。ナイフを握った和也の手首ごと摑み、腕力の違いを見せつけるようにしっかり固定すると、そのままゆっくり押し上げた。

「おまえ、これで俺を刺したかったわけ？」

利き手が痺れて動かない。蹴りを食らわそうにも、下肢は密着したまま押し返すこともできなかった。

それ以上に、和也はまた殴られるのではないかという危惧から抜け出せずにいたのだった。

たった一度きりの——暴虐《ぼうぎゃく》。

その痛みと恐怖の刷り込みは、鈍く四肢を封じてしまうほど強烈だった。

「なら、刺せよ。ほら」

玲二は和也の手首ごとナイフを自分の胸に突きつけた。

瞬間、和也は、どういう顔をすればいいのかわからなかった。

言葉ではなく行為で人を傷つけるのには、それ相当の覚悟とエネルギーがいる。確信犯でもない限り、テンションを維持し続けるのは難しい。

衝動的な昂りは、唯一のチャンスを逃してしまうと急速に萎《な》えてしまうものなのかもしれない。玲二に手首を摑まれた時点で、すでに、和也の双眸から熱く痺れるような昂りは去ってしまっていた。

憤怒だけで玲二は刺せない。刺せと挑発されれば、なおさらに理性の枷《かせ》がかかる。それを承知の上で嬲《なぶ》っているのだと、和也は思った。

「遠慮すんなよ。ほら。こんなモンでも振り回さなきゃやってられないほど、俺が憎いんだろ？　やれよ」

左乳首のわずか下、ナイフの切っ先にずしりと重みが掛かる。

和也は息を吞んだ。

「よ、せ。おいッ」

それでも、ナイフは止まらない。切っ先がゆうるりと沈んでいく。そのリアルな感触が、指先から腕へ、そして心臓へとさざめいていった。

ふつり………。

玲二の肌に、小さな血の玉が浮いた。

「やめ、ろッ」

うぶ毛がそそけだち、冷汗がじっとり腋《わき》の下を濡《ぬ》らしていく。

玲二は和也の手を摑んだまま放さない。放さず、ゆっくりと下げていく。

血の玉が緩んで滲み、一筋の赤い糸を引いていく。

眦を吊り上げたまま食い入るように凝視していた和也は、そこから更にゆるゆると血が流れ出すのを見てかすれ声を張り上げた。

「玲二ッ、やめろッ！」

そのとたん、ふっと玲二の力が抜けた。

息を詰めたまま和也は痺れきった指をぎこちなく、一本一本剝《は》いでいく。最後の指が抜けたとき、ナイフは拠《よ》り所《どころ》を失ったように和也の手からすべり落ちていった。

「どうだ、気分は」

まるで何もなかったかのように玲二が言った。

「まっ、これで、今までのことは全部チャラだよな」

「サイテーなヤローだな、おまえは」

噛み締めるように低く吐き捨てた。

「よく言うぜ。痛い思いをしたのは俺だ。抉ってトドメを刺すくらいの根性もないくせに、人に切っ先向けんじゃねぇよ」

「おまえが『抱かせろ』なんて、気色の悪いことを言うからだッ！」

カッと双眸を跳ね上げた和也に、玲二はシニカルに嗤《わら》ってみせた。

「わかってねえな、おまえ。俺は女に不自由したことなんかない。その女とヤるときにだってケツの穴に指なんか突っ込んだことはないんだ」

「だから俺に、今度は自分で尻を上げろってのか？　ンなことできるわけないだろうがッ」

「できるさ。そうすりゃブン殴られずに済む」

「おまえ。半分血が繋がってるかもしれない兄貴とやりたいなんて、どういう頭してんだよ。正気だなんて思えねえよッ」

玲二が何を考え、何を望んでいるのか。和也にはもう理解不能だった。

リアクションは常に予測外で展開し、和也に冷水を浴びせかける。何か言うたびに、何かをやろうとするたびに、そのまま身動きが取れなくなってしまう自分を意識しないではいられなかった。

束の間、玲二は口をつぐみ、胸の傷を指でなぞるとその血を舌先で舐め取った。

どこかしら倒錯的な映画のワンシーンでも見ているような気がして、和也の目を釘付《くぎづ》けにする。

もう一度、玲二は鮮血を指で掬《すく》うと、返すその指で和也の唇をなぞった。ゆうるりと指の腹で、唇の感触を確かめるように。

和也は生唾を呑み込んだ。あまりにも思いがけないその行為より、冷たく冴《さ》えた玲二の視線に搦め捕《と》られて四肢が硬直した。

「半分血が繋がってる、ねえ。だけど、おまえはあっさり無視してくれたんだったよな。母親を問い詰める気にもならなかった。そうだろ？　あのとき、高校だってすんなり受かっちまうんだもんな。ホント、いい根性してたよなあ。だったら。もっと、ずっと深いとこで繋がっておくのも悪くない。そう思って当然だろ？　俺は別に『血は水よりも濃い』なんて思ってやしない。けどな、おまえといると血が血を呼び合うってのも、まんざらホラでもないんじゃないかって気にもなったりする」

声は和也を金縛りにしつつ、ゆったり落ちてきた。

髪に。

目に。

耳に…………。

「抱かせろよ、和也。弟が兄貴に発情するなんて卑猥でゾクゾクするだろう？　おまえの血と俺の血と、混ざりあって溶けるんだ」

耳元で、玲二が囁《ささや》く。

甘く。

冷たく。

うっとりと…………。

「優しくしてやるぜ。おまえが逆らったりしなけりゃな。おまえだってブン殴られて痛い思いするよりも、いい気分でヤリたいだろ？　だから——舐めてやる。これも、あれも。あそこもな。今度はずっと優しくしてやる。ホントだぜ。俺とおまえとひとつになって、血の絆よりもっとずっと深いとこで繋がりあおうぜ。なあ、和也」

囁きは冷たく痺れるような甘美な毒となり、和也の思考を奪い取っていく。

玲二は和也の唇についた血を舌先でことさらゆっくり舐め取ると、わずかに唇の端をやわらげ、ぴくりともしない和也の腰を抱き寄せながら、ゆうるりと深く、深く——静かに唇を重ねた。

12　駆け引き

　ウッドデッキのある馴染《なじ》みのカフェテラスで。

「おまえって、つくづく、夜の住人なわけね」

　ギラギラと照りつけ、アスファルトに跳ね返る日差しの中、いかにもけだるげななりで椅子にもたれた玲二《れいじ》を見やり、高志《たかし》は呆《あき》れ顔で言った。

　珍しくも、昨夜遅くに玲二から電話があった。それで、このカフェで待ち合わせたのだ。

「昨夜はほとんど寝てない」

「相変わらずだな。どうせ、まともに食ってもないいんだろ？　人間若いうちから不摂生やってると、あとでドカンとツケが回ってくるぞ」

「耳タコだな。もっとマシなセリフはないのかよ。芸がないぜ」

「何を言ったって、どうせ馬の耳に念仏だろ？　おまえにはしつこいくらいでちょうどいいんだよ。……で？　まともに家に寄りつきもしないで、毎日どこに入り浸ってるんだ？『リッパー』か？『婆娑羅《ばさら》』か？　それとも『アモーラル』か？」

歓楽街でも名前の知れた店名をあげつらう。遊び慣れた大学生を気取るつもりはないが、高志もそこそこの情報通であった。

「アモーラル」

「よく金が続くな、おまえ。いくら会員制だからって、遊ぶ金は別だろ?」

高志の頭の中からはすっぱり『十代《ティーンエイジ》』の文字は抜けている。高校はきっちり卒業しているのだから中途半端な大人と言えなくもない。長い脚を持て余しぎみに組んで生あくびを噛み殺している玲二は、中学生の頃からすでに冷め切っていた。

「別に赤字は出してない」

「なるほどね。顔パスってわけか。それで、どこまでフリーパスなんだ?」

「十三階」

こともなげに答えてよこす玲二に、高志はわずかに目を見開いた。

玲二は大学進学はしなかった。今は無職のフリーターである。その言葉が似合わないにもほどがあるが。金はなくても貢いでくれる人物には事欠かないらしい。

「桂台《かつらだい》のクール・ビューティーによっぽど見込まれてるんだな、おまえ」

褒《ほ》めてはいない。

羨《うらや》ましくもない。

ただの事実確認である。

『アモーラル』の若きオーナー森島明人《もりしまあきと》は、ユニセックスめいた美貌が醸し出すクールな人当たりの良さとは裏腹に、得体の知れない業界人で通っている。

通称が『桂台のクール・ビューティー』である。

桂台というのは明人の地元である。代官山《だいかんやま》の高級邸宅地で、森島家は大地主であるらしい。その森島家の御曹司《おんぞうし》は表立って売り出しているわけではないのに顔が利く。表にも、裏にも。そういう噂だった。真偽のほどはわからないが。

誰にも媚びないが、腰は低い。容貌がストレートに性格を具現している玲二に比べて、彼はしたたかな剛毅《ごうき》をゼリーでくるんで冷やしたかのようなパーソナリティーがあった。

加えて。人前では必要以上に肌を晒さないというストイックさが、更に噂に拍車をかけていた。真夏でもオーダーメードのサマースーツをきっちり着こなすその徹底ぶりに、

『あれはきっと、刺青《いれずみ》でも背負っているのに違いない』

などと、まことしやかに囁かれていたりするのだ。ミステリアスを演出するまでもなく、噂が勝手に転がっていく。

はっきりと断言できるのは、損得勘定だけで動きはしないが決して情には流されないだろうということだけであった。

その森島明人が『アモーラル』の最奥といわれる、十三階のプライベート・ルームへ自ら招き入れるほどに玲二を見込んでいる。そこらへんの事情とやらをいちいち詮索する気はなかっ

たが、差し出口と承知の上で、

「遊んで、食って、寝て……。当然、タダだよな」

そんなふうに念を押してみたくなるのは、やはり性分なのだろう。

「ときどき、女も付いてくるけどな」

そこまではっきり言われて、高志もさすがに鼻白んだ。

「けっこうな御身分だな。どうりで家に帰りたがらないはずだ」

皮肉ではない。まあ、それもしかたがないかという、あきらめの口調だった。

それっきり会話が途切れてしまうと、また暑さがブリ返してきたような気がして、高志は水っぽくなったアイスコーヒーを一気に飲み干した。

本題に入る前の口慣らしには充分だった。

玲二はいっこうに口を開こうとしない。話があるから出てこいと、こんなところにまで高志を呼び出したくせにだ。

本当に、こいつは和也《かずや》以外の人間には毛ほどの関心も向かないのだと、改めて思い知らされる。

それでも、問いかけたことに対してきっちり言葉を返してくるのは、やはり、あのとき唯一の共犯者として高志を引きずり込んだ見返りのつもりなのだろう。だからといって、サングラスに隠された双眸までが自分を見つめているなどと自惚《うぬぼ》れてもいなかった。

逸らされた視線を顔ごとこちらに向かせようとする強引さも、根気も、高志は持ち合わせてはいなかった。すれば報われる努力ならやりがいもあるだろうが、押しても引いても開かないとわかっている扉にあえて突っ込んでいくほどには熱くなれない。同じエネルギーを使うのなら実のあるほうに注ぎたいと思うのが当然だし、言って恥じることでもないと思っていた。

共犯者というよりも、一歩踏みこんだ傍観者だという立場を自覚してさえいれば、それなりのやり方もある。

「それで？　おれに何をしてもらいたいんだ、おまえ」

何をさせたいのかではなく、何をしてもらいたいのだとの問いかけに、高志なりのささやかな自己主張が込められている。

「麻美《あさみ》に連絡を取ってくれ」

「おれが、か？　なんで？」

「おまえンとこのババアが、俺の首に縄を付けてでも引きずって来いって言ったんだろ？　当然じゃないか」

「和也、ちゃんとおまえのとこに行ったわけだ。相変わらず律儀だよなぁ、あいつは」

「なに、寝ボケたこと言ってんだよ。たきつけたのはおまえだろうが」

「よっく言うぜ。和也が行かなきゃタコツボに引っ込んだまま小指の先も出す気がなかったくせして。おまえがどこで何をやろうと、そんなことは自己責任でどうでもいいけど、とばっちりは迷惑だって言ってんだよ」

　そこだけはきっちり言わせてもらいたい。

「産むにしろ、堕ろすにしろ、リスクを負うのは女のほうだと相場は決まってんだ。おまえの腹はぜんぜん痛まないだろうけどな」

　津村《つむら》麻美にとってみれば、それこそ人生の分かれ道だろう。

「今どきヤリ逃げなんて、どんだけ恥知らずなんだよ。いいかげんきっちり話し合えよ。彼女が納得するように。ツラの皮一枚分だけでもいい、それなりの誠意を見せるのが男ってもんだろ？　たとえ、それが見せかけでもな」

　ぶちまけて言ってしまうと、そういうことである。

　高志にしたって口で言うほど麻美に同情しているわけではない。むしろ周囲を巻き込んで恥をさらしている麻美の、あまりの身勝手さに嫌悪感すら覚える。

「ケリはつけるさ、きっちりな」

「だったら、自分で呼び出しゃいいじゃないか」

「そうだな。呼び出して、あいつが何か言う前に腹を蹴り飛ばしてやったらいっぺんにケリがついてスッキリするだろうな」

　淡々とした口ぶりがかえって不気味だった。冗談ではなく本気でそう思っているのかもしれないと思うと、高志は頭を抱え込みたくなった。どだい、この手の話に『常識』だの『誠意』

だのを玲二に期待するのが間違っているのだ。

和也と付き合っていた頃の麻美はごく普通の可愛い系の女子大生といったイメージがあった。それが今では他人の痛みを思いやることもできず、己の感情のみに振り回されている。恋は魔物だと、つくづく思った。

「おまえさあ、ケリつけんのはいいけど、彼女の前であんまり過激なこと言うなよ」

「なんで？　やたらとカッコつけていいオンナぶってる女はサイテーだけど、なんでもかんでも『愛してるのよ』で済まそうとする女は始末が悪いだけだろ」

歯に衣《きぬ》を着せるつもりはさらさらなさそうだった。

「おまえが、そういう女にしちまったんだろうが」

玲二が自分から誘ったとは思えない。間違ってもそういうタイプではない。

だが、麻美がその気になるように流し目くらいはくれてやったに違いない。それこそ『タラシのレイジ』の本領発揮で。

それでふらふらと吸い寄せられて毒牙にかかった麻美が悪い。……のだろう。

「違うね。下地はあったのさ、前から。ただ踏み切るだけの度胸がなかっただけで。だから、あいつは和也で物足りない分を俺で埋めようとした。俺は事なかれ主義を気取る和也の横っツラを張り飛ばしてやりたかった。それだけだ。ほかには何もない。あいつが何を勘違いしてようとな」

平然と玲二は断言した。

セックスで始まった男と女に快楽と打算はあっても、愛だの恋だの、そんなものは必要ない。玲二は言外にそう吐き捨てているのだった。

「始まりが何だろうと、それで済まなくなるのが恋愛感情だろ？」

それもリアルな現実である。

「だから頼んでるんだろ、そっちで段取りしてくれって。正直言って今更麻美の声なんか聞きたくもねぇよ、俺は」

「まあ、いい。きっちりケリつけようって気になっただけマシだからな。……で？　連絡先はどこだ」

「高見の家でいい。当分、家にいる」

「へぇー、夜遊びはやめるのか？　カミナリでも落ちるんじゃないか？」

たっぷりと皮肉を込めたジョークも、片頬に刻まれたシニカルな笑いひとつでオチがついてしまう。つまり、話はこれで終わりなのだと。

「じゃ、頼むぜ」

のっそりと玲二が立ち上がる。

完全に席を立ってしまう前に、高志は思わず呼び止めた。

なんだ？

言葉にせず、底の見えない視線で玲二が促す。言おうか、言うまいか。とっさに迷い、高志は最後に一番の気がかりを口にした。

「和也はどうした？」

玲二は即答しなかった。だが、束の間の沈黙を裂いて転げ落ちた言葉は高志の頭をしたたか殴り付けた。

「戻ってるぜ、高見の家に。言っただろ？　昨夜《きのう》はほとんど寝てないって」

「おいッ」

思わず、視線も声も尖《とが》った。

「睨むなよ。心配しなくても、こないだみたいなムチャクチャはやってねぇよ。合意だよ、合意。今度はちゃんとイかせてやったしな」

あけすけに言い捨てる。

そっくりそのまま信じたわけではない。しかし、そこから先には高志ですら容易に踏みこめない、薄くて堅い膜が張ってあったのだ。

あのときとは微妙に違う玲二の態度が気になった。

高志はじっとりと玲二を見上げた。

「こないだはショックが強すぎて聞きそこなったんでな。今ここで、はっきり聞いときたい。おまえ、これからも、そういうことを和也に強要するつもりなのか？」

と笑った。
　玲二はテーブルに半身を預けるように乗り出すと、思わずぞくりとくるような声でうっそり
「今更だろ？　俺はあいつを誰にもくれてやる気はない。親父も和也の母親もいない。高梨美《み》
也子《の》も尻尾《しっぽ》を巻いて逃げ出した。せっかく人生にハリが出てきたんだ。せいぜい楽しませても
らわなきゃ割が合わないだろうが」
「玲二、おまえ…………」
「たった二人の兄弟なんだから、必要なものは遠慮なく分かち合う。それが当然の権利っても
んだろ？　たとえそれが親の遺産だろうが、セックスだろうがな」
　それっきり、高志は何も言えなくなった。

§　§　§

　夜も深まった頃。

「それで？　高見《たかみ》君はなんて言ったの？」

　アパートの自室で風呂上がりの髪にブラシをかけながら、野上愛子《のがみあいこ》は遠慮もなくそう切り出
した。

「取り付く島もなかったわよ」

よく冷えたウーロン茶でひと口喉を湿らせ、津村麻美《つむらあさみ》は上目遣いに愛子を見やった。

「そりゃあ、そうだわね。ホントなら塩撒《ま》かれたって文句言えないもんね、あんた」

「愛ちゃん、相変わらずキツイんだから。落ちこんでるんだからさ、もっといたわってよ」

「何言ってんのよ。自業自得じゃない」

愛子のきつい物言いにも、麻美は別段動じたふうもない。

口で言うほどに落ち込んでいるわけではないのだ。愚痴を聞かせたいわけでも、慰めて欲しいわけでもない。ただ麻美は、自分が手酷《てひど》く裏切り、傷つけ、そして捨てた元カレへ恥も外聞もなく押しかけたことをほんの少し後悔しているだけだった。

罵倒《ばとう》まじりの冷たい目。当然のこととはいえ、それが予想外の苦い痛みを誘って、すんなり家にもどる気にはなれなかったのだ。

こういうときに事情に通じ、しかも本音で語り合える相手といえば、高校時代からの親友である愛子しかいなかったのだった。

それでも。胸に痼《しこ》った苦々しさが口からこぼれてしまえば、それはため息よりもはるかに重い愚痴にしかならない。

「だって、しょうがないじゃない。玲二《れいじ》とは連絡取ろうにも取りようがないんだから」

「着信拒否でもされてるわけ？」

「違う。今どきスマホも持ってないのよ、彼」

「え？　マジで？」

さすがの愛子も驚いた。今の時代、家電《固定電話》はなくてもスマホは日常生活には欠かせない必需品《ツール》である。

「たぶん、だけど。スマホを持ってるだけでいろんなことに縛られてるような気がするんじゃないかな」

「それってただのポーズでしょうよ」

「そんなカッコ付けするタイプじゃないってば」

「それで、どうやってデートしてたのよ？」

「だから、会ったときに次の約束をするか、でなけりゃ家の電話で。いないときは留守番電話にメッセージを吹き込んでた。あとで折り返し電話が来るって感じで」

「はぁ……。信じらんない。まるで石器時代。それでよく続いてたわね」

とにかく頑張ったのだ。麻美は麻美なりに。玲二を独占したくて。少しでも長く、玲二を繋《つな》ぎ止めておきたくて。でなければ、和也《かずや》を振った意味がない。

玲二が好きなのだ。

玲二を愛しているからだ。

「今はいくらメッセージを残しても完璧《かんぺき》に無視されてるけど」

(それって、しつこい女は嫌われる典型的なパターンだよね)

内心、ため息をもらす愛子だった。

それで、ふと思った。

（あー、だから、なのかも）

スマホという生活必需品を持っていないのは、鬱陶《うっとう》しすぎる人間関係を断ち切るための常《じょう》套《とう》手段だったりするのかもしれない。

「恥を捨てて彼の伯母さんのところにも行ったわよ。それでもダメなのよ。そうなると結局、高見君しかあてがないんだもの。恥知らずなひどい女だって思われてもいいのよ。そうなんだから」

「バカなことしてるっていう自覚はあるんだ?」

麻美にしても、今更あとには引けないのだろう。妊娠が偶然の産物なのか、それとも意図的なのかはわからないが。愛子に言わせれば、無謀な賭《か》けとしか思えない。

「わかってるわよ。だけど、わたしはもう一度玲二とじっくり話がしたいの。そのためだったら、なんでも捨てるし、なんでも利用するわよ。だって、時間がないんだもの」

「だったらいつまでもフラフラしてないで、いいかげん腹をくくんなさいよ」

「愛ちゃんもやっぱり、堕《お》ろせって言うの?」

「産んでどうする気? あの手のタイプに世間の常識だの男の責任だの、期待するほうが間違ってるのよ。あいつは女をただのオナニー・マシーンだとしか思ってないんだから」

それでもいいっていう順番待ちの女なんか、それこそ掃いて捨てるほどいるに違いない。

「あんただって、それを承知で付き合ってたんでしょうが。だったら、いつまでも未練たらしくウダウダやってんじゃないわよ。それでなくても、一日一日お腹の子は大きくなっていくんだから」

愛子の口調は次第に辛辣《しんらつ》さを増していく。

どうして、こんなわかりきったことがわからないのだろうと。ひそめた眉根《まゆね》にありありとその思いがこもる。

高見玲二を知る者なら、誰がどう見ても、それ以外の正論はないのだ。皮肉も揶揄《やゆ》も入る余地がないほど、それは単純明快な事実であった。なのに、事ここに至ってもまだ、麻美はぐずぐずと迷っている。愛子にはそれが腹立たしくてならなかった。

それでも。頭でわかっていることと感情ははっきり別物なのだと、麻美は身をもって知ってしまったのだ。『高見玲二』という存在に魅せられてしまった、あの瞬間から。

でなければ、ここまで恥知らずな女になったりはしなかった。あんなにも和也を傷つけたりしない。

これだけは、もう、どうしようもないのだと麻美は思う。理性でいくら自分を納得させようとしても『女』という名の感情に力負けしてしまうのだった。

「麻美ぃ。まさかとは思うけど、あんた、あの『タラシのレイジ』相手に、子どもをダシにしてヨリをもどそうなんて、そこまでおバカじゃないよね？」

おもいっきりぐっさりとトドメを刺され、思わず麻美の頬《ほお》もこわばりついた。

「あんた、ねえ」

シビアな皮肉屋と言われる愛子も、さすがに言葉に詰まった。

年下の男相手に――いや『十代』という白々しい言葉で束縛するしか術《すべ》のないあの半端ないエゴイストを、たかが子どもごときでどうにかできると本気で思っているのだろうか。そんな、バカも底が抜けたようなことすら見えなくなるほど『恋愛』の泥沼にはまり込んでしまったのだろうか、と。

二人の間でふっつり言葉が失せてしまうと、沈黙が重くのしかかった。

それが妙に苦々しくて、愛子は煙草《たばこ》に火をつけた。何かしていないとますます気まずくなりそうな気がして。

一息、おもいっきり深々と吸って、今更のようにふと気づく。妊婦に煙草は毒なのだと。

小さく舌打ちして、愛子はつけたばかりの煙草をもみ消した。

「いいわよ、そんなに気を遣ってくれなくても。ここは愛ちゃんの部屋なんだから」

「そんなわけにはいかないわよ。妊婦に煙草は厳禁なんだから」

「どうして？　さっきまで、さんざん堕ろせって言ってたくせに」

「――モラルの問題よ」

「へぇー、愛ちゃんて意外に常識人だったりするんだ」

茶化す口調に奇妙な甘さが匂《にお》う。

たぶん、玲二も和也も知らないだろう、もうひとつの麻美の顔がここにある。他人はそれを女同士の気安さと言うかもしれないが。

高校時代、愛子と麻美はクラスメートだったことは一度もなかった。クラブ活動が一緒だったわけでもない。

ただ、三年間、週二回の選択科目が同じ美術だったというだけであけすけに言いたいことを言える仲になった。それは、卒業して別々の大学に通うようになった今も変わらずに続いている。

ひとつ年を取るごとに世間への間口は少しずつ広がっていくが、麻美が麻美であるための奥行きは変わらない。だから、お互いの前ではいつでも高校生の頃の自分に戻れる。そういう安堵感めいたものがあった。

苦言を苦言として、素直に受け取れる。そういう相手がいるということは、かけがえのない自分自身の財産である。特に、今の麻美にとっては。

「何よ、変な思い出し笑いなんかして」

「ん？　愛ちゃんに見捨てられなくって本当にラッキーだったなあ……とか思って。高見君とのことでごっそり友達なくしちゃったもんね、わたし。まあ、それも自業自得だけど」

唇の端で薄く笑う。

今更、だとは思うのだ。『恋』は日々の活力で『愛』はそれを持続していくための努力である――などと。街にあふれ返る恋愛書の煽《あお》り文句はいつも決まって綺麗事《きれいごと》を並べ立てるが、現実はそれほど甘くもなければ綺麗でもない。

恋愛のエネルギーは、消費すればするほど燃えカスが溜《た》まるものなのだと。

ひたすら前を見据えて突っ走っているときはいい。けれども、ふと足を止めてそれに気づいたとき、踏み固めたカスをどこに捨てればいいのか。

自分の中で日一日と確実に息づいていく生命の重さと自分自身の明日を天秤《てんびん》にかけながら、麻美は不安と動揺を隠しきれなかった。

そして、愛子は。いまだ答えを出し切れずにいる麻美を前に、真摯《しんし》すぎるほどの眼差《まなざ》しで静かに言葉を重ねるのだった。

「ホントにそう思ってるのなら、ちゃんと考えなさいよ、これからのこと。子どもは快楽の副産物とかじゃ、あんまりじゃない？」

「そんな言い方って………」

「子どもを産むのって、女にとっては冗談抜きでリスクのある大仕事よ。自分の身体であっても、自分だけの身体じゃないんだもん。産むのは大変だけど、産んだあとはもっと大変なんだから」

「愛ちゃん、やけに詳しくない？」

「姪《めい》っ子がいるのよ。うちのお姉ちゃんなんか、髪振り乱して毎日悪戦苦闘してるわよ。これが仕事なら『あー、やだなあ』と思えば休みも取れるけど、子育ては待ったナシだもん。ぶっちゃけた話、それこそ『クサイ・キタナイ・キツイ』の、年中無休の３Ｋ職場だわよ」

「…………だよね」

いきなりリアルな話になって、麻美はどんよりとため息をついた。

「ちゃんと結婚して、愛する夫がそばにいてもそうなのよ。そこのとこ、あんた、ちゃんと覚悟できてる？　友達が優雅に遊びまくってるとき、あんた、オッパイやっておむつ交換して、夜泣きに耐えて睡眠不足で目の下にクマ作って、ろくに化粧もできないわけ。わかってる？　子ども産んだらあんたが親になるのよ。あいつは半端じゃないもの。子どもをダシにしたってそんなこと、きっとなんとも思っちゃいないわよ」

「愛ちゃん、高見君と同じこと言うのね」

「え？」

「高見君がね、言ったの。『親のスネをかじってるだけの女子大生が生意気に子どもを産んでどうするんだ。世間をナメてんじゃないぜ』って。『玲二を捜して俺のとこに来るヒマがあったらさっさと堕ろしちまえ』って。さすがに、グッサリこたえちゃったわよ」

愛子は詰めた息をひとつ深々と吐き出した。やりきれない苦さを込めて。

「まったく高見君ってば損な性分よね。あれだけコケにされても、結局、最後の最後まで冷たくしきれないいんだから。ま、あんたはそこが物足りないって言うんだから最悪なのよね」

「やだ、愛ちゃん。高見君、ものすごく冷たかったわよ。目なんかキリキリに吊《つ》り上がってたんだから」

「違うわよ、麻美。高見君は、そういうこと、皮肉やあてつけなんかで言わない。絶対に言わない」

「どうして？　なんで、そんなにはっきり断言できるわけ？」

「だって、高見君のお母さんは未婚のシングルマザーだから。そういう苦労なら掃いて捨てるほどしてきてるの、高見君はずっと見てきたわけだし」

「……ウソ。わたし、そんなの知らない」

麻美が大きく目を瞠《みは》る。まるで、いきなり喉を絞められたような呆然《ぼうぜん》とした顔つきで。

「高見君、自分からふれて歩くようなタイプじゃないから、たぶん、知らない人も多いだろうけど。彼、中学の二年まで、『秋葉《あきば》和也』だったのよ」

「愛ちゃん、なんでそんなことまで知ってるの？」

「あたしと高見君、小・中・高・大って、ずっと一緒なのよね」

「それって……。幼なじみってことだよね？」

「ていうか、腐れ縁？」

あっけらかんと愛子が口にする。

「小学校の頃、彼、けっこう嫌がらせされてるのよ。親がどこかで拾ってきた噂《うわさ》なんて、聞いてないフリしながら、ちゃんと聞いてるのよね子どもって。どこのクラスにだって一人や二人いるじゃない。お山の大将でなきゃ気がすまない奴って。でも、やられたらきっちりやり返す性格してたしね。問題児とか言われても、ぜんぜん気にしてなかったみたい。お母さんのこと、とっても大事にしてたから」

クラスの女子に『マザコン』呼ばわりをされても『それが何？』みたいな顔をしていた。あそこまで堂々と開き直られたら誰も勝てない。

「だけど、お母さんが再婚して高見姓になってから、ちょっと変わったわよ。なんたって、義理の弟があれだもんね。ストレスも相当すごかったんじゃない？　高見君ってさ、どんなに親しくなっても絶対に家のこととかしゃべらなかったじゃない？　水臭いだのお高くとまってるだの、陰でいろいろ言われてたけど、玲二がウチの学校に入学してきたら、みんな一発で納得しちゃったのよ。あんなのといちいち比較されちゃあ、たまんないわよね、高見君も。麻美、あんただってそのクチなんでしょ？」

返す言葉もなく、麻美は吐息を噛《か》み締める。玲二がどこで何をしようが、自分には何の関係もない——そう吐き捨てた和也の辛辣さを思い出して。

「女がいくら強くなったからって、そんなの、ほんの上っ面だけじゃない。未婚で子どもを産んで育てる社会的なハンデって、まだまだ根強いわよ、やっぱり。高見君、そういうのずっと実体験してきたわけだし」

麻美は和也のことを愛子ほどには知らなかったことを痛感させられた。本当に、今更だったが。

「それに、こう言っちゃなんだけど、玲二のことを一番よく知ってるのはあんたじゃなくて高見君だもん。だから、本音だと思うよ？　子どもは親を選べないもの。子どもを産む・産まないの最後の権利はあんたにあるのかもしれないけど、それならそれでちゃんと踏ん切りつけなさいよ。いつまでもグダグダ迷っててもしょうがないでしょうが」

どれほど親身になって忠告をしても、所詮《しょせん》は他人事《ひとごと》なのだと。妙に白々と思う瞬間がある。見ていて歯がゆい。

何をもたもたしているのかと、どうしようもなくじれったい。

それが高じて……苛々《いらいら》させられる。

それならそれで、いっそ派手にブチ壊してやったら、どれほどすっきりするだろうか。そんな衝動が、ふと、愛子を突き上げる。

それが、自分でもハッとするほど思いがけなくて。束の間、愛子は絶句した。何か得体の知れないものが頭のへりを這《は》いずり回っている感触が、あまりに生々しくて。

麻美は気づかない。ゆったり目を伏せたまま、氷の溶けたグラスを弄《もてあそ》んでいる。

目を逸《そ》らしざま、愛子は深く静かに息を吐く。

だが、気を取り直して鏡に向かったそのとき、愛子は、そこにもう一人の『愛子』を見たような気がして、食い入るように鏡の中の自分を凝視せずにはいられなかった。

13　ジレンマ

午後十時五十分。

その日。朝から降り続けた雨は深夜に入ってもいっこうに止む気配はなかった。

路面を打ちつける横殴りの雨にあおられて、足取りが重い。駅から歩いて十分の距離が、今夜は何倍にも思えてくる。それは、降りしきる雨のせいばかりではなかったが。

狭くて入り組んだ道は迷路じみていて、そのせいか、あまり人も車も通らない。

ポツリ、ポツリとともる街灯も、打ちひしがれたように鈍くけぶっていた。

1DKのアパートは、相変わらずひっそり静まり返っている。

ポケットをまさぐる鍵《かぎ》の音だけが、雨の中、やけに大きく響いた。

一週間ぶりに我が家《アパート》に帰ってきた。

部屋に入って電気をつけると、和也《かずや》はすぐさま服を脱いでバスルームに直行した。

本当は風呂にたっぷり湯を張ってゆっくり足を伸ばしたかったが、今はその時間すら惜しかった。

少しぬるめのシャワーを頭から浴びる。肌をすべる飛沫《しぶき》の音だけが頭の芯《しん》まで響いた。

「高見《たかみ》、悪い。春菜《はるな》の奴、なんか変に誤解しちまってさ。部屋に女でもいるんじゃねーかって。おれはメシまで作ってもらって助かってんだけど、あいつ、言い出したらきかねーんだ。だから、追い出すようで悪いんだけど。ゴメンな」

「いや、こっちこそ、悪かったな、気がつかなくて」

「おまえ……大丈夫か？」

「え？」

「だってさ。おれンとこ転がり込んできたとき、なんか、ズタボロだったじゃんか、おまえ。もしかして、また弟となんかモメてんじゃねーの？」

「──そんなん、だった？　俺」

「うん。それで、佐久間《さくま》ンとこに電話あったらしいぜ、弟から」

「………」

「あいつは、ほら、おれらのリーダー格だし。あいつに聞きゃあ何でも一発だっての、弟、ちゃんと覚えてんのな。佐久間、言ってたぜ。相変わらずスゲー迫力でおまえの行きそうなとこ聞かれて、電話じゃなかったら、思わずポロッともらしてたかもなって。大丈夫かよ、おまえ。なんなら、誰か、頼んでやろうか？」

心配げな真田《さなだ》の声が遠くなる。

同時に、疲れがゆったり流れていく。

足の重さも、弾《はじ》ける水滴とともに溶けていく。

それでも、胸の奥底でどんよりとうずくまったものは別だ。更に淀《よど》んで渦巻くだけで消え失せはしなかった。

結局、和也は逃げたのだ。玲二《れいじ》の絡みつくような執着が嫌で。……怖くて。なんだかもう、自分で自分がわからなくなりそうで。

とにかく、もう一度リセットしたかった。玲二の目の届かないところで頭を冷やしてこれからのことを冷静に考えたかった。

がしがしとバスタオルで頭を拭《ふ》きながら、ふと、鏡に映った自分を凝視する。

目、を。

唇、を。

首、を。

視線は、ゆったり落ちていく。鏡の中の自分を恐れるように。

鎖骨へ…………。

そして、胸に…………。

鏡は、すべてをありのままに映し出す。まやかしも、痛みも、後悔も、何ひとつ違えることなく。

消え残る烙印《らくいん》を目で追い、ひとつひとつ確かめながら和也は唇を噛《か》み締める、歯列を割って滲《にじ》み出る苦々しさを無理やり噛み砕くように。

『ダカセロヨ、カズヤ』

覚えているのは、甘く、冷たい玲二の声。

『ナメテヤル。ココモ、コレモ。アソコモナ』

頭の芯まで痺《しび》れるような毒を込めて、囁《ささや》いた。

『オレトオマエト、ヒトツニナッテ。モット、ズット、フカイトコデ、ツナガリアオウゼ』

思い出すだけでうぶ毛の先までそそけだつ。

忘れていない。耳の底にまでこびりついた玲二の吐息を…………。

忘れられない。玲二が舌で舐《な》め取った、唇に付いた玲二の血の味を…………。

身体の中の最奥まで、ねっとり絡みついてきた。

指が。

唇が。

舌、が…………。

そして、玲二の肉欲が。

絡めた舌を引き抜かれるほどきつく唇を貪《むさぼ》り吸われた、あの瞬間。和也は、玲二に骨まで貪り喰《く》われてしまうのだと思った。

錯覚じゃない。

妄想でもない。

予感は何とも言い難い確信とそれに勝る激痛を伴って、和也を圧《お》し潰《つぶ》した。否《いや》も応もなく、玲二の情欲に引きずられたまま。

口いっぱいに広がる、苦さ。

無理やり嚙んで、吞《の》み砕く。

その、何とも知れない後味の悪さに和也はぎこちなく目を伏せた。

上半身裸のまま、冷えたビールを流し込む。一気に一缶あけてしまうとようやく人心地が付いた。


午前零時過ぎ。

ベッドに寝そべったまま机上のデジタル時計を斜めに見上げて、和也はテレビのリモコンを切った。

そのとき。不意にドアフォンが鳴った。

思わず目を瞠《みは》る。

和也は動かない。まるで足に根が生えてしまったかのように。

二度目のドアフォンは鳴らなかった。ドアを叩《たた》く物音もしない。

わけもわからず、詰めた息をそっと吐く。

次の瞬間、開くはずのないキー・ロックが小さく音を立てて外れるのを目にして、和也は呆《ぼう》然《ぜん》となった。

（…………なんで？）

鼓動が一気に逸《はや》った。

すがめられた和也の視線の向こう、ゆったりとドアが開いた。

突然現われた深夜の侵入者は許しも請わず、何の遠慮もためらいもなく上がり込んでくる。

頭からぐっしょり濡《ぬ》れたまま。

そして、ひと当たりザッと目をやるとこともなげに言った。

「家賃のワリにゃ、大したことねえな」

「おまえ……。いつ合鍵なんか作ったんだ」

もろ不機嫌に和也がなじる。それをあっさり無視して、玲二は濡れたTシャツとチノパンを脱いで押しつけると、

「乾かしといてくれ。着替えなんか、持ってきてねえからな。シャワー借りるぜ」

勝手知ったる顔でバスルームへと歩いていった。

何の悪態も吐けず、拒否することさえできなかった。

ぐっしょり濡れたそれを乾燥機に放り込む。デスク・チェアーにもたれた和也の目の前で、苛々《いらいら》と時間だけが刻まれていく。

やがて、バスタオルを腰に巻いたまま玲二が出てきた。

和也は何の用だとは聞かなかった。ただじっと睨《にら》んでいる。神経をハリネズミのように尖《とが》らせたまま。

「高志《たかし》から連絡があった。今度の土曜、久住《くずみ》の家に麻美《あさみ》を呼んだってよ」

「それが、俺に何の関係があるんだ」

「寝とぼけてんじゃねぇよ。おまえも行くに決まってるだろうが。もともとおまえが持ち込んできた話だろうが。それに、おまえは一応俺の保護者代わりだからな」

しごくあっさりと玲二が言ってのける。口先だけで。

「俺に修羅場の片棒をかつげってのか？」

「来るよな、おまえ」

和也を見据《みす》えた双眸《そうぼう》は揺らがなかった。

「話は、それで終わりか？」

「ああ」

「だったら、服が乾くまでそこらへんで勝手にやってろ」

「冷たいこと言うなよ」

口の端だけでシニカルに玲二が笑う。

和也はわずかに背骨が引き攣《つ》れたような気がした。

「この雨の中、わざわざ教えに来てやったんだぜ。付き合えよ」

佐久間の所へまで電話をかけてよこしたことなどおくびにも出さず、暗に痺れるような毒を込めて玲二は和也を見下ろしている。

その息苦しさが喉を灼《や》く寸前、

(そんなのはおまえの勝手だろうが！)

重い腰を渋り上げるように立ち上がった。

「ビールでもコーラでもミネラルウォーターでも、勝手に飲め」

玲二は喉の奥で薄嗤《わら》った。

「なあにブッてんだよ。俺はやろうぜって言ってんだ」

その言い様に、和也の眦《まなじり》が切れ上がった。それでも、一文字に嚙み締めた唇はかすかにわななくだけで何も言葉にならない。

「今更イヤだなんて、言わねえよな、和也。そうだろ？」

冷たく片頬で嗤いながら、

「——来いよ」

不遜《ふそん》に顎《あご》をしゃくる。

だが、和也が意地でも動きそうにないのを見て取るとゆったりした足取りで歩み寄った。

「いつまで、そうやってとんがってんだよ。たかが、セックスだろ?」

頭上から落ちてくる目線の高さを、和也はことさら意識する。越すに越せない壁が立ち塞《ふさ》がっているかのように。

「おまえはそうでも、俺には……たかがじゃない」

低く吐き捨てる。

玲二はゆらりと顔を寄せてきた。

「だから、舐めてやっただろ?」

囁く声は先ほどまでの冷たい口調とは打って変わって、全身が総毛立つほど甘かった。

和也は知っている。たっぷりと毒を含んだ甘さが何を蕩《とろ》かし、どこを蝕《むしば》んでいくのかを。

「ここンとこ」

不意に玲二が指で胸を突いた。突いて、なぞり、指の腹で遠慮もなく乳首を押し潰した。

「……ッ!」

和也は硬直した。吐息さえも…………。

「おまえ、ここ、感じるんだよな。こうやって弄《いじ》くるだけですぐに勃《た》ってくる」

「やめ、ろッ」

玲二の手を叩き落とし、和也は椅子から立ち上がろうとした。——が、ねっとり首筋を舐められてすぐに腰砕けになった。

「麻美は耳たぶも乳首も舐めてくれなかったろ？　だから、おまえ、知らなかったんだよな。自分がほんとはどこが一番感じるのか。そういや、あいつ、しゃぶるのもヘタクソだったぜ。おまえ、フェラされたこともなかったんだろ」

耳元で玲二がくすりと笑う。

「やめろって言ってんだッ」

声がこわばり歪《ゆが》む。その反応がおもしろくてたまらないとでも言いたげに、玲二は腰を押しつけるなり、今度はいきなり和也の股間《こかん》を摑《つか》み上げた。

「いっ……！」

詰めた息を吞んで和也はとっさに身を縮めた。なし崩しに流されてしまいたくなくて。

「たかがセックスだぜ、和也。ただのセックスだ。楽しもうぜ」

まさぐる玲二の手が、当然の権利だと言わんばかりの大胆さで直《じか》に和也を捕らえる。

和也は腰を捩《よじ》って振り切ろうとした。それがかえって玲二を深々と誘い込むことになってしまい、奥歯がすり切れるくらいに歯嚙みした。

「ンな、こたぁ、女とやれよ。相手なら腐るほどいるだろうが。俺を女の代わりになんか、するなッ」

玲二が笑う。鼻先で嘲笑《あざわら》うように。

「おまえは誰の代わりにもならねぇよ。どんなにイイ女とヤっても、おまえとヤルときほど熱くはならない。やっぱ、血……かな。なあ、兄貴?」

うそぶくような含み笑いが和也の脳《思考》を揺さぶる。

行為よりも先に言葉で玲二は和也を煽《あお》る。劇薬をたっぷり塗《ぬ》り込み、痺れるような甘さを込めて呪縛《じゅばく》する。

「ここ……まだ、キスマークが残ってんぜ、和也」

いつの間にかたくし上げられたシャツが、あの夜の恥部を容赦なく曝《さら》け出す。

「知ってるか。キスマークな、消えないうちに何度も同じとこを吸ってるとアザになるんだ。だから、今度はおまえの好きなとこ、いっぱい舐めて噛んで吸ってやる。どこがいいとこか、一目でわかるようにな」

和也は足元をすくわれそうな気がして、叫ぶ。小さくヒリついた声で。

「れい、じ……………やめろッ」

「そうじゃねえだろぉ? 乳首、こんだけビンビンに尖らせといて、何言ってんだ、おまえ。舐めて……だろうが」

容赦なく言葉で嬲《なぶ》りながら、玲二は右手と左手で別々のものをこね回す。ゆうるりと、おもうさま………。

じわり、じわり——と。快感が和也の腰を舐め回し、背骨のひとつひとつを呑み込んでいく。

かろうじてこびりついている理性や自尊心を、鋭い牙《きば》で食いちぎりながら。

「――く……うっ………」

「ほら、もっと足を開けよ。好きなだけ、もんでやるから」

身も心も玲二に嬲られていると思うだけで、羞恥《しゅうち》を過ぎた劣情は二倍にも三倍にも膨《ふく》れ上がり、和也の鼓動をかきむしった。

指の、腹で………。

………爪の先、で。

屈辱が快感をあおり、腰をあぶり灼く。

唇で吸われ。

舌で、こすられ………。

足が、棒になる。

そうして、痺れるようなエクスタシーだけが血のうねりを誘い、駆け上がる。喉を灼き、目の奥を抉《えぐ》って、極みへと。

「はっ……あぁぁッ………」

腰が砕けて、落ちる。

その瞬間、和也はヒリついた声を噛んだまま、玲二の手の中に快感のすべてを吐き出した。

喘《あえ》ぐ鼓動の荒々しさだけを取り残して。

嫌なのに………。

こういう関係は拒否したいのに………。

玲二を拒絶できない。

なぜ?

恐いからだ。玲二に詰め寄られると反射的に腰が引けてしまう。自分の非力さを嫌というほど思い知らされたから。

玲二に見つめられると身体が竦《すく》む。それはもう、理屈ではなかった。まるで、蛇に睨《にら》まれた蛙《かえる》の気分だった。

なのに、玲二に抱かれると心とは裏腹に身体が疼《うず》いてしまうのだ。キスをされて自分でも知らなかった性感帯を暴かれて弄られると身体は否応なしに快感を拾ってしまう。

それが………ひたすら惨《みじ》めだった。

きっと、玲二にはそういう心の乱れはバレまくりだろう。

玲二は顔色ひとつ変えなかった。和也が自分の手に吐き出したものは、屈辱と羞恥の残滓《ざんし》なのだと言わんばかりに。

和也の服を剝《は》ぎ取り、その腕をつかんでベッドに引きずり倒しても、玲二の黒瞳は冷えきったままだった。和也が堕《お》ちたその瞬間、『高見玲二』から『タラシのレイジ』にすり変わってしまったかのように。

玲二は容赦なかった。

快楽のツボを抉り、そのまま、末端神経まで剝《む》き取るような激しさで和也の精を搾《しぼ》り尽くしてもまだ、手をゆるめようとはしない。

玲二の長い指が深々と後蕾《こうらい》を割り、そこを更にこじ開けるように指の数が増えるたび、慣れることのない悪寒が和也の下腹を蹴《け》り上げた。そうやって、何度も悲鳴まじりの吐息を呑み、脂汗を垂れ流し、死ぬ思いでどうにかこうにか玲二のすべてを銜《くわ》え込んでも、玲二は達してくれなかった。

和也の後蕾をゆるゆると抉りながら、玲二が突く。

ゆったり引いて、和也が詰めた息を吐いて緩めるまでぎりぎり戻し、また、きつくねじり込む。

与えられるのは、その場しのぎの快感ではなく、終わらない苦痛だった。

もう、どうにかして欲しかった。一気に抉ってさっさと終わりにして欲しい！　そればかりを思って喘ぎを噛む。

手が痺れ、足が萎《な》え、喉も後蕾もヒリついてどうしようもなくなったとき、和也は半ばむせび泣くように唇を震わせた。

「も……イッて……くれ、よ………。れいじ……たのむ……か、ら…………もう……イけ、よォ…………」

「音を上げるにはまだ早いぜ、和也。俺に黙って今日までどこに雲隠れしてやがったんだ？」

言いざま、いきなり最奥まで激しく突き抉られて、

「ヒッ……いぃぃッ！」

和也の身体が跳ね上がった。

疼きしぶる痛みが熱く切れ上がって、和也の涙腺が一気に緩む。それは普段の和也からは想像もできないほどの強烈な媚態《びたい》だった。

思わず惑わされそうになって、玲二は舌打ちする。

「俺から逃げようなんて、考えてんじゃねえよッ」

語気荒く、双珠をわしづかみにしたまま、ゆうるりと身体をずらせ、萎えきった和也の左足を大きくすくい上げた。

和也はうっすら蒼《あお》ざめた。初めて、力まかせに貫かれたあの衝撃がフラッシュバックして四肢が金縛りになる。

「猿回しの最初の儀式はな、ペアを組む人間が子ザルを噛むことなんだってよ。噛んでどっちが主人か思い知らせるんだ。人間だって同じようなもんだ。痛みは必要だよな。そうだろ？和也」

やめろッ！　そう叫びたかった。終わらない苦痛から逃れたくて、ついさっきまで、なんでもいいから一気に済ませて欲しいと願ったのにだ。

だが、玲二の唇の端に刻まれた酷薄な笑みを目の当たりにして、和也は今更のように奥歯を食いしばることしかできなかった。

「よく、わかってるじゃねぇか。おまえのはもうカラっけつだ。搾り出すもんがなくなりゃ、どこにも逃げようがねえからな。そしたら俺のことだけ感じていられるだろ？　ま、自業自得だよな。となり近所に派手な喘ぎ声を聞かれたくなかったら、そのまま、しっかり歯ァ食いしばっとけ」

和也の中で玲二が大きく膨れ上がる。そのまま絡みついた肉襞《にくひだ》ごとねじるように一気に突き抉られて、痛みを痛みとして感じる前に脳みそが沸騰した。

深々と雄刀を呑み込んだ口は爛《ただ》れ、じくじくと疼き、それでも和也の肉襞は玲二にしがみついて離れない。

悲鳴は喉に張りついたまま声にならず、背骨が剝離《はくり》するかのような激痛だけが閃光《せんこう》となり、頭の芯へと突き抜けていった。

そのとき初めて、和也は、麻美の言葉がおぼろげながらも理解できたような気がした。

――ごめんなさい。こんなことして、なんてヒドイ女なんだって思うだろうけど、どうしようもないのよ。いくら口で言っても、きっと、高見君にはわかってもらえないと思うから。だからもう言い訳しない。玲二が……好きなの。高見君が許してくれなくても、高見君に憎まれても、わたしは玲二が好きなの。

玲二に引きずられてしまう——その、言葉ではなんとも形容しがたい怖じ気《おけ》がある。

まるでブラック・ホールに吸い込まれてしまうように、世間の常識も、嘘《うそ》も、理性も、劣情も、何もかもをいっしょくたにして引きずっていく、圧倒的な力………。

振り払えない。

蹴落とせない。

どこにも、すがりつけないッ！

そして、堕ちていく恐怖だけが和也を雁字搦《がんじがら》めにする。

玲二に貫かれて吐き出す、悲鳴。

和也にとっては腸がよじれて軋《きし》むだけの責め苦が、麻美の場合、それは底無しの快楽だったのだろうと。

§　§　§

平川《ひらかわ》三丁目十番地。

閑静な住宅街として知られるこのあたりでも、一等地と言われる三丁目付近は広い敷地内に既存の樹木を生かした造りの邸宅が多いことで有名であった。

その一画にある久住邸は、がっしりとした特注の門扉よりも更に威風堂々とした門構えの豪邸であった。

電気錠《じょう》の門扉をくぐり、外車三台分のスペースはゆうにある車庫の脇を抜けると、広々とした庭がある。そこからL字型のアプローチを通り、奥の玄関ポーチまで、こんもり茂った緑は途切れない。うだるような暑さもここだけ素通りしていくような感じがして、和也はそっと息を抜いた。

(それにしても、デカい………)

高見家にとっては一番近い親戚といっても、親密と言うほどでもない。高志との距離は近いが、祐介《ゆうすけ》が亡くなってからはほとんど行き来がなかった。久しぶりに来てみると、改めて並みの広さでないのがわかる。ごく普通のサラリーマンなど初めからお呼びでない特権階級のための一画なのだと、ひしひしと感じてしまう。

これで、夏はどことかの別荘だの、冬はあそこのリゾート地だのときた日には、

(やってられないぜ)

ため息の嵐である。

金は天下の回り物などではない。金というものは、あるべきところには腐るほどうなっている。それが正直な気持ちであった。

「何、ボケーっと突っ立ってんだ。行くぞ」

そっけない玲二の声に、途切れた時間がまたゆったりと動き出す。それは和也にとってどう

にもしようのない、ひたすら気の重い現実でしかなかった。

だから、つい、皮肉のひとつも吐きかけてやりたくなるのだった。

「行けよ、さっさと。主役はおまえだろうが。俺はただのオマケだ。少しくらい遅れたって、かまやしねえよ」

当てつけるように、ことさらゆっくり歩く。どんよりと思い気分を引きずったまま、歯噛みする。

和也は母を失い、玲二は父をなくした。ふたつの歯止めが同時に崩れて残されたのは、義兄弟という不確かな絆《きずな》だけ。玲二はそれをより堅固なものにしようとしている。和也の中に、自分という確かな楔《くさび》を打ち込むことで。

(不毛なだけだろ)

そういう歪《いびつ》な関係なんて。

今までセックスは、和也にとってはごく自然な快楽だった。

だが、玲二はセックスという暴力的なパワーのみでもって、和也の男としての矜持《きょうじ》を根こそぎブチ壊そうとする。

男同士のセックスなんか不毛なだけだ。和也はそう思っていた。本来、そうあるべきでない器官に玲二の『雄』を容赦なくねじ込まれる怖じ気は、快感とは程遠い地獄であった。

慣れることのない苦痛は、身体よりも和也のプライドを蝕んでいく。

なのに、それでも熱いのだ。

羞恥が弾け、屈辱も引きちぎれ、喉を裂く悲鳴に脂汗が滴り落ちても、最奥まできつく突き上げられる身体は異様なほど熱いのだ。

たかがセックスだと、玲二はこともなげに言ってのける。

怖いのは、男と女……その摂理を無理にねじ曲げて交わる後ろめたさではない。そこまではっきりと割り切ってしまえる玲二の酷薄さだ。羞恥を抉り、屈辱を拉《ひし》ぎ、プライドを根こそぎ舐め取っていく、あの、どうしようもなく昏《くら》い熱さだ。

（あんなのはセックスじゃない！）

けれど。そこが隙間《すきま》なく玲二で埋めつくされてしまうと、脳みそが灼けついてしまうほど血が沸騰する。

そんなことは、かつて一度もなかった。

年齢の割には冷めている可愛《かわい》げのない子供――だと、ずっと、そう言われてきた。だから、和也自身、何かに熱中はできても、いつもどこかで不完全燃焼ぎみの冷めた部分があった。

麻美と抱き合っていたときですら、満足感はあったが灼熱《しゃくねつ》感には遠かった。

なのに――玲二だけが身体の芯まで熱くする。

そう、気づかされることの苦さ………。

理屈では簡単に割り切ってしまえない、嫌悪にも似た怖じ気。

あれは背徳の血の滾《たぎ》りではなかろうかと、和也は今更のように唇を噛む。

——異母兄弟。

そう、なのか。違うのか。

どっちつかずの不安は、どろりとした血膿《ちうみ》の味がする。だが、はっきりさせて最後の枷《かせ》が外れてしまうのはもっと怖い。

(……らしく、ないだろ)

そんな自分が情けなくて、更に苦いものが込み上げる。

何をどうしたいのか。結論はとうに出ているはずなのに答えが見えない。

本当に見えないのか?

それとも、見たくないだけなのか。

時間だけが、足下からさらさらとこぼれていく。

和也は奥歯を噛み締め、食い入るように前を見据えた。

今はともかく、目の前のことだけに集中しようと重い足を引きずる。

玄関ドアを開けて中に入るなり、待ち構えていたように高志が言った。

「いやにごゆっくりだったな。迷子にでもなってるんじゃないかって、心配したぞ」

初っぱなから嫌味が炸裂《さくれつ》した。いつもの軽いノリとは違う高志の様子に、これからの展開が嫌でも予測できて、早、うんざりする和也だった。

「俺はただの付き添いだ。どっからでも勝手に始めりゃいいだろうが」

「そうはいくかよ。おまえが、一応、玲二の保護者代わりなんだから」

玲二の言葉をそっくりそのまま模したような高志の口ぶりに、知らず和也の眉が寄る。

「なんて建て前は、お気に召さないよな。やっぱり」

高志は小さく肩を竦めてみせた。

「——茶番、だな」

「ケジメ、だよ。ケジメ。どっちに転ぶにしてもな。そうしなけりゃ一歩も前に進めないって彼女が言ってるんだから」

和也と高志が連れ立ってリビングのドアを開ける。

テーブルを挟んだソファーに玲二と麻美がいる。対照的な沈黙をまとって。

麻美のとなりにいるのが野上愛子《のがみあいこ》だと気づいて、和也はどんよりとため息をもらした。茶番に無理やり付き合わされる被害者がここにもひとり……と。

愛子は和也を見て、律儀に目で挨拶《あいさつ》を投げてよこした。

応えて、和也がかすかに頷《うなず》く。

麻美の顔はこわばりついたままだった。まるで予定外のことだと言わんばかりに双眸を見開いて。

恥のかき捨てにも限度はあるのか。それとも、麻美なりの譲れない最後の一線なのか。和也が少し間をあけて玲二のとなりにどっかり座るなり、硬い声で言った。

「高見君。遠慮してもらえない？」

それでも、投げやりに和也が腰を上げかけると。

（今更だろ）

「和也」

低くしなるような声で玲二がそれをとどめた。

「見合いの付き添いじゃねぇんだ。ちゃんと最後まで座ってろ」

本当にやれやれである。どっちに転んでも板挟みの気分だった。高志が言うところの『ケジメ』でなければ、さっさと部屋を出て行きたいところだった。

それだけで、リビングの緊張が一気に張り詰めた。

「玲二。二人だけで、もっとよく話し合いたいわ」

声の硬さはそのままに麻美が玲二を凝視する。切羽詰まった真摯《しんし》な眼差しで。

「そうね。それがいいわ。まずは本人同士で、じっくり話し合ってみなさい」

そう言って久住の伯母が立ち上がると、愛子も腰を浮かし、つかつかと歩きながら和也の腕を取った。

「高見君、行きましょう」

刹那《せつな》。

ガツンッ！　――と。

鈍い音を立ててテーブルが鳴った。

思わず、皆が振り返る。その視線の先で、玲二はテーブルに片足を乗せたまま大きくふんぞり返っていた。

「いいかげんにしろ」

低く抑えた口調にありありとした不快がこもる。冷たく冴《さ》えた双眸は揺るぎもせず、まっすぐに麻美を射た。

「俺とおまえが二人っきりでツラ突き合わせて、今更、何を話し合うんだ？」

「だから、わたしたちのこれからのこと、よ」

麻美の頰のこわばりは解けない。

「俺はガキなんかいらないって言ってるだろうが。それじゃケジメがつかないって、おまえが恥さらして歩いてるっていうから、こんな茶番にまで付き合ってやってんだ。それでも、まだ足りないってか？　なんなら、今ここで、その腹を蹴り飛ばしてやろうか？　そしたら、何もかもいっそスッキリするだろうが」

うっすらと麻美は蒼ざめている。

和也も愛子も出ていくタイミングを完全に外されてしまい、居心地悪げにその場に立ち尽くしている。

「遊びには、それなりのルールってもんがあるはずだろ？　ガキができたなんて興醒《きょうざ》めもいいとこだぜ。産む、産まないはおまえの勝手だ。俺の知ったことかよ」

それこそ取り付く島もないほどの冷たさだった。麻美にも腹の子にも、まるっきり関心はないのだと。玲二はそれを隠そうともしない。

もとより、玲二には真剣に話し合うつもりなどないのだろう。久住の家で、こうやって麻美と向き合っている。それだけで、もう充分ケジメはついているのだと言わんばかりの態度だった。

話し合うお題目はあるにはあるが、口を開く前にすでに空中分解してしまっている。茶番だからだ。わかりきったことを、こうまであからさまに見せつけられる苦々しさに誰もがそっと目を逸《そ》らした。

久住の伯母は玲二の身内として、麻美のことが気になってしようがない。ちらちらと玲二と麻美を見比べ、口を出そうか出すまいかと迷っている。迷った挙げ句に、その目は高志を見やり、高志が小さく肩をすくめてみせると深々とため息をもらした。

本来ならば、伯母として、同じ女として、口を出したいことは山ほどあった。けれども、わけ知り顔で何をどう言ったところで、玲二相手では、それがなんの説教にも助言にもならないのだと彼女はよく知っていた。この場に玲二を引っぱり出したことで、とにもかくにも、伯母としての面目は立った。そう思うしかないのかもしれない。

った。

玲二は、言いたいことも言ったしこれでケジメもケリもついたとばかりにゆったり立ち上がった。

吸い寄せられるように、麻美の視線が浮き上がる。その目の中で玲二が何の未練もためらいもなく背を向けたとき、すがり付くように小さく叫んだ。

「――産むわッ。産むわよ、わたし」

そこにいる誰よりも先に和也が嫌悪感をあらわにする。

(当てつけでガキなんか産むな!)

思わずそう怒鳴りたくなるのを、奥歯で嚙み殺す。

愛子は意外と醒めた目で麻美を見やり。高志は興味深そうに事の成り行きを見守っている。

久住の伯母だけがおろおろと気を揉《も》んでいるのだった。

「麻美さん、あなた、そんな軽々しく決めてしまうことじゃないでしょう? 玲二、あなたもよ。もっと真剣に話し合うべきですよ」

玲二の伯母として、彼女にも、どうしても譲れない一線というものがあるのだろう。

だが。

「あなたは遊びだって言うけど、わたしは違うわ。でも、もういい。今更そんな水掛け論やってもしようがないもの。だけど、あなたがそうやって無視しようとしても、産まれてくるのはあなたの子どもなんだってことを忘れないで。わたし、生まれてくる子の権利まで放棄するつもり、ないから。だから、あなたにも父親としての義務はちゃんと果たしてもらうわ」
玲二の冷たい態度に対する、それが女としてのケジメだと言わんばかりの硬い口調だった。
たとえ、それが感情のみに突き動かされた結果なのだとしても、はっきり玲二に宣告すること
で、麻美は自分の存在意義を確かめたかったのかもしれない。
いや。目の前で、ああもあからさまに女としての自分を否定されてしまった以上、あとはも
う生まれてくる子どもの母親としてしか玲二と繋《つな》がっていられない。そう思い詰めてしまった
のかもしれない。
男と女よりも、今一歩踏みこんだ、より確かな絆。
麻美は子どもを産む権利を全面に押し立てることで、切れかけた玲二との縁を手放すまいと
したのだろう。それで玲二の心がいっそう離れていったとしても、一番確かな血の楔は残る。
玲二に対する『あてつけ』ではなく、麻美は真実それにすがりたかったのかもしれない。
「産めよ、勝手に。おまえのガキだ」
玲二の酷薄さは崩れない。
最後通告めいた玲二の言葉にあからさまな拒否反応を示したのは、麻美ではなく、久住の伯
母であった。
「玲二、あなた、何を言ってるの。麻美さんが子どもを産むってことは認知するってことです
よ。戸籍に傷がついてしまうのよ。一度ついた傷は、あとでどんなに後悔しても二度と消せや

しないのよ。あなたはまだ十代なのよ。これから先、就職や結婚しようってときになって、それがどれだけマイナスになるか、よぉく考えてみなさいッ。麻美さん、あなたもです。一時の感情だけで簡単に子どもを産むなんて、そんなこと言うんじゃありませんッ。子どもを産んで育てることがどれほど大変なことか、あなたたちは何もわかってないわ」

女として、母として、彼女の叱責《しっせき》はほかの誰の言葉よりも重く厳しかった。

だが、麻美は揺らぎもしなかった。

「でもおば様、子どもに対する愛情さえあれば、どんなことでも乗り越えられると思います」

「それはただの理想論です。子育てはママゴトじゃありません」

「愛情で足りない分は、だから、玲二にも負担してもらいます。それが父親としての当然の義務だと思います」

いっそきっぱりと麻美が言ってのける。久住の伯母にではなく、玲二をしっかりと見据えたまま、揺らがない決意を込めて。

玲二はうっすらと唇の端を吊り上げた。

「麻美、おまえ、知ってるか？　ライオンのオスはなぁ、我が子より自分の性欲を優先させるんだってよ。子育て中のメスは、オスより自分の子どもが大事で、発情したオスが誘っても無視するんだ。ンで、欲求不満になったオスがどうするのか、おまえ、わかる？　自分の子を食い殺すんだ。そうすりゃメスは母親から女にもどってセックスさせてくれるんだってよ。オスにとって必要なのは女としてのメスであって、自分の子どもを残してくれる母親じゃない。魅力のあるメスは、だから、いつまでたってもオンナで、母親なんかにゃなれないってことかもな。獣の世界は理屈も常識もない、本能だけで成り立ってるようなもんだからな。シビアな世界だって思わねぇか？」

双眸を見開いたまま麻美は微動だにしない。その蒼ざめた頬を、玲二は更にきつく打ち据える。

「男は結局ケダモノだからな。頼みもしないのに、自分からオンナを捨てようっていう女に用はねぇんだ」

淀《よど》みなく。

「口でいくらキレイ事を言ったって、男は、そのときの自分の性欲を満たしてくれる女が一番魅力のあるメスなんだよ。だから――いいぜ。産みたきゃ産めよ。産んで母親になれよ。おまえ――俺のメスでいる自信がないんだろ？　だからガキをダシに女からリタイヤしたいだけなんだろ？」

冷え冷えと。

「だったらカッコつけて、遊びじゃないだの、愛してるだの、そんなケタクソ悪いセリフを吐くんじゃねぇよ。俺はガキなんかいらない。メスになれない女もいらない」

――突き刺す。

「父親としての義務だ、責任だぁ？　笑わせんなよ。たかが紙切れ一枚に傷がつこうがつくまいが、そんなの、俺は痛くも痒《かゆ》くもない。俺はおまえのガキのためにそこまで譲歩してやる気なんかねぇよ」

しわぶきひとつ落ちない沈黙とは、まさにこういうことを言うのだろう。久住の伯母ですら言葉を呑んだままだ。

和也は渇ききった唇を舌で何度も湿らせ、それから、詰めた息をゆったり吐いた。

理屈も常識も道理も、関係ない。平然とした顔つきで、ロードローラー並みに何もかも踏み潰していくエゴイスト。和也は今更ながら、改めてそれを意識しないではいられなかった。

麻美の唇が小刻みに震え出す。

それはやがて唇を噛んだ嗚咽《おえつ》となり。すすり泣きが歯列を割ってひと声もれてしまうと、とどめる術《すべ》のない号泣に変わった。

愛子が、深々とため息をつく。

高志が、一息もらして天を仰ぐ。

久住の伯母はそのままがっくりとソファーに腰を沈めて、疲れきったように指先で眉間《みけん》の縦じわを揉んだ。

14　最悪な夜

胸の底でしこったものがどろりと溶けて流れ出すような、最低な一日だった。

もともとまったく気乗りのしない重い足枷を引きずって歩くような茶番劇であったが、幕切れは更に後味が悪かった。

玲二《れいじ》の徹底したシビアな毒舌ぶりを見せつけられるのは、今日が初めてのことではない。

麻美《あさみ》に煮え湯を飲まされるよりずっと以前に和也《かずや》は何度も辛酸を舐めてきたし、今は別の苦汁の底を這《は》いずり回っている。

とてもじゃないが、ノーテンキに同情する気にはなれない。わかりきった結末に目を背けて未練がましくいつまでも迷っていた麻美が悪い。本音でそう思っている。

……が。さすがに『ザマーミロ』の捨て台詞《ぜりふ》を吐く気にはなれなかった。

自業自得という言葉の重さを、麻美は思うさま実感しているのではないだろうか？

そんな思いに駆られて、ゆったりグラスに口をつけたとき、

「高見《たかみ》君の前でなんだけど、玲二って、ほんっと凶悪な人でなしよね。平然とあそこまで言い

きっちゃうんだから。あれじゃ、女はたまんないわよ」

手にしたグラスを弄《もてあそ》びながら、愛子《あいこ》は今更のように重いため息をもらした。

久住《くずみ》邸から自宅のアパートに戻って午後八時を過ぎた頃、突然、愛子から電話が入った。

ごく親しい友人しか知らないその番号を高志《たかし》から無理に聞き出したのだと、愛子は覇気《はき》のない口調でそう弁解した。そして、ほんの束の間口をつぐんで言った。

『少し、付き合ってくれない？』

和也がそのまま押し黙ると、

『今夜は飲みたい気分なの』

低く言葉を重ねた。

和也は思い出す。愛子の腕に抱きかかえられるようにしてタクシーに乗りこむ麻美の、がっくりうなだれた後ろ姿を。

だから、その誘いに乗ったわけではない。ただ和也も、そのままベッドに入っても今夜は寝つけそうにない気分だったのだ。

幸いと言うべきなのか。玲二も、今夜はいない。

今日は帰らない。そう言い残して玲二が久住の家を出たとき、和也は、心底ホッとしている自分に気づいてかすかに自嘲《じちょう》した。

(ほら、もう、縛られているじゃないか)

なんだかもう、玲二の情け容赦のない持論を聞いたせいか頭の中がぐちゃぐちゃだった。

玲二が必要としているのは性欲を満たしてくれるメスで、今、和也がその女の代わりをさせられているかと思うと、吐き気がしそうだった。

「あいつは筋金入りのエゴイストだからな。麻美がいくらしゃかりきになったって、ぜんぜん相手にならねーよ。結局、最後の最後まで、何もわかっちゃいなかったようだけどな」

愛子が馴染《なじ》みだという、小振りだがシックに落ち着いた店の一番奥のカウンター。耳障りにならない程度に流れるBGMにふと耳を澄ませながら、和也は静かにその言葉を吐き出した。

「ふつうはあそこまで行かないって?」

「俺の知ってる限りじゃ、あいつはそういう女しか相手にしなかった」

「性欲を満たしてくれる、メスね。サイテー………」

口ほどの刺々《とげとげ》しさはなく、むしろ淡々としたつぶやきだった。

「けど、それでもいいって言う女が鈴なりなんだぜ。どっちもどっち……なんじゃね?」

なんの他意もなく、感じたままを和也が口にする。

玲二は恋愛がしたいわけではないのだ。ゲームとしての一夜の駆け引きを楽しみたいわけでもない。セックス＝性欲処理だと、公言してはばからないのだから。

最低なエゴイストである。

なのに、女達はこぞって媚《こび》を売る。玲二に選ばれて、ベッドを共にすることこそが最上の望みなのだといわんばかりに。

同じ女として、それにはかなり苦々しいものがあるのだろうか。愛子はかすかに眉をひそめて静かにグラスを干した。

「でも、高見君、あんなのとよく兄弟やってられるわね。昔の高見君からは想像もつかないんだけど」

和也は自嘲する。

「あんなのでも、一応、紙切れの上じゃ十代のガキだからな。世の中、誰かが貧乏クジ引くようになってんのさ」

「貧乏クジ……ねえ。でも、うっかり引くのと無理やり押しつけられるのとじゃ、えらい違いだわよ」

和也は言葉を返す代わりに一気にグラスを呷《あお》った。

「で？　麻美は、どうするって？」

「気になる？　やっぱり」

和也はかすかに愛子を睨んだ。

「いっそショックで流産でもしてくれりゃあいい……とか、思ったりした？」

見つめた目を逸らさず、愛子が問う。

「あいつに腹を蹴り飛ばされるより、マシなんじゃゃ？」

「ふーん、高見君でも、そういうこと言うんだ」

「いいぞ、軽蔑《けいべつ》したって」

「しないわよ。あたしだって麻美のこと、いいかげん目を覚ましなさいよって、何度蹴飛ばしてやろうかと思ったもの」

意外なことを聞いたような気がして、和也は目を丸くした。

「なんだ。野上もけっこう過激なんだな」

「恋愛問題って、やっぱり当人以外は他人事《ひとごと》じゃない？　こっちがいくら口を酸っぱくして正論まくし立てても、とどのつまりそれは第三者の正論であって、当人の常識じゃないのよ。恋愛は視野を狭くするって言うけど、ほんとよね。話がいつまでたっても堂々巡りなんだもん。ま、適当に相槌《あいづち》打って聞き流しとけば楽なんだろうけど、相手が悪すぎるわよ。で、ついついこっちもムキになっちゃうのよねぇ」

「野上はいいんだよ、それで。親友だろ？　だったら、それでいいんだ。人間、誰だって歯止めは必要だろ。それが人でも、物でも、自分自身のプライドでもな」

真摯に、だがどこか冷めた眼差しで、和也が空になったグラスを軽く指で弾《はじ》く。

「歯止めがあるうちは、なんだって耐えられる。それがあれば、じっと前を見据えて立っていられるんだ。誰が何を言おうと、どんなに腹が煮えくり返ろうと、最後の最後で踏んばれる。けど、それがなくなっちまうとさ、一気にガタガタっときちまうんだよな」

和也は愛子を見ない。伏せた視線を一点に据えたまま、吐き出す。重く沈んだ吐息を噛んで砕くように。

束の間、愛子の唇が動きかける。言おうか、言うまいか。そんなためらいに揺れながら、それでも、いったん喉を突き上げた言葉は声に出してしまわなければいられないとでも言いたげに、ゆったり口を開いた。

「高見君の歯止めって、何？」

和也の視線がゆうるりと戻る。

その双眸が愛子を捕らえ、黒瞳が揺らぎもせず愛子だけを映し取ったとき、愛子は、そこに見知らぬ他人を見たような気でもしたのだろうか。一瞬、らしくもなく小さく息を呑んだ。

「俺の歯止めは……もうない」

低く、和也がもらす。

一言もらして、ふと、唇の端だけで逡巡《しゅんじゅん》する。

「いや……そう、でもないか。まだもう一枚だけジョーカーが残ってるな。どっちに転ぶか、わかんないけど」

吐息は薄く、かすれて切れた。

愛子はまばたきもしない。

そうして、ふたりの間で張り詰めた沈黙は切れずにずしりと沈んだ。

そのまま落ちてしまうのなら、それでもいいと和也は思った。

よけいなことまでしゃべりすぎだと、自嘲する。そんなに飲んだつもりはなかったが、もしかしたら酔っているのかもしれないなと。

だが。沈黙は和也と愛子の間で浮上する前に、思わぬところから破れた。

「よお、おにいさんッ」

背後から、ねっとり絡みついてくる声。

まさか、自分のことだとは思わなくて振り返りもしなかった和也は、

「カノジョ連れだからって、シカトすんなよ」

不機嫌にとなりの席にもたれかかった男にスツールを蹴飛ばされ、

（誰だよ？）

目を向けた。

まさかの小池秀次《こいけしゅうじ》だった。

（はぁ？）

素で驚いた。こんなところで出くわすとは思ってもみなくて。こんな偶然があるのかと、しばし唖然《あぜん》とした。

その向こうで、いくつかの見知った顔が居心地悪げに視線を背けたまま、女達を引き連れて空いたテーブルに腰を下ろす。

（この間とは、いやに態度が違うじゃないかよ）

和也は改めて秀次を見やった。

「ジン・トニック」

バーテンの差し出したおしぼりで軽く手を拭《ぬぐ》って、秀次は横柄に言い捨てる。

いきなり話に割り込んできた秀次に愛子の眉がじっとりと寄った。

「——誰？」

囁く声に不快感がこもる。

「玲二の取り巻き」

こともなげに和也が返すと、愛子はかえってホッとしたように詰めた息を吐いた。こんな無礼な男が和也の友人でなくてよかったとでも言いたげな顔つきで。

人は称賛の眼差しよりも侮蔑の目つきに、より敏感に反応するものだ。秀次のような男は、特に。ましてや最初から絡むのが目的であった場合、それは、何倍にも膨れ上がって負の感情を掻《か》き毟《むし》るのだろう。

「今日はまた、えらく毛色の違うオンナを連れて歩いてんだな、おにいさん。やっぱ、人間、分相応ってのが一番だよな。あんたにレイジさんは似合わねえよ」

人を傷つけるための一番手っ取り早い方法は、悪意を込めた言葉で、有無を言わさず相手の横っ面を張ることだ。

外見にただのひとつもコンプレックスを持たない人間など、いない。

大抵の人間は、容姿をあげつらわれた瞬間、言葉をなくしてしまうものだ。

しかし、和也も愛子も、冷たい一瞥《いちべつ》をくれただけだった。

胸に痼ったものが重苦しくて、今は秀次の相手をする気にもならない。二人の心境を言葉にするなら、まさにそれだった。

それは秀次の歪んだプライドを刺激するには充分なのだったが、そこまで気を遣ってやるほど和也も愛子も暇ではなかった。

気づかなかったのではない。知っていてあえて無視したのだ。

「イイ根性、してるじゃねーかよ」

それと知れるほど低く凄《すご》みをきかせて声を落としたときも、かえって周囲のほうが不安げに眉をひそめたくらいだった。

「――おいッ」

眦を吊り上げ秀次がスツールを蹴る。店内のほどよいざわめきが、今はものの見事に静まり返っていた。

「お客さん」

頬をこわばらせ、かすれがちの声だけでバーテンが制す。

一触即発とはいえ、まだ何も始まってはいない。その中で一方的に絡んでいるだけの秀次をどう扱ったらよいのか、彼も思案にあまるのだろう。

何も、動かない。

その場の大気は張り詰めるだけ張り詰めたまま、煙草の煙さえ揺らがない。

見つめる視線はその一点を刺し、どの口も、息苦しさを呑んだきりピクリともしない。

そのまま時間さえもが止まってしまうのではないかと、誰もが同じ錯覚に捕らわれたとき、
和也が静かに立ち上がった。

おぉぉッ……と、声にならないどよめきがもれた。

ついに始まるのか、と。息を詰めた視線が痛いほどに膨れ上がる。

傍観者は、自分が実害を被《こうむ》らない限り、あくまで第三者にすぎない。たとえそれが流血沙汰《ざた》になろうがなるまいが、所詮は他人事なのだという意識からは抜け出せないものなのだろう。

膨れるだけ膨れ上がった視界の中で、和也が、秀次にではなくカウンター内のバーテンに向かって、

「勘定」

あり余る期待をいっそ見事に裏切ったとき、店内の空気が一気に緩んだ。

バーテンさえもが一瞬惚《ほう》けたようにポカンと目を見開き、あわてて伝票を手渡すという失態を演じている。だが、誰も、それを嘲笑したりはしなかった。

和也と愛子が連れ立って歩き出す。

それにつられて、淀んでしこったものが背中を押されるようにして動き出す。

が、それでは収まりがつかないのだと言いたげな険しい顔つきで、秀次がゆったりと続く。

しかし、緊張の糸が切れてしまったときが終演の合図でもあったかのように、彼らの目も口も、とたんにてんでバラバラにほころび、その先のことまで気にかけようとする者は誰もいなかった。勘定もそこそこに、あわてて秀次の後を追いかけていった親衛隊の連中以外には。

§　§　§

夜が、闇を食《は》んでいた。

愛子と肩を並べてゆったり歩きながら、和也は背中の闇を意識する。

聞こえるか、聞こえないか。そんな、かすかな足音を。

錯覚だとは思わなかった。

付かず、離れず………。気配は無言のまま途切れない。

和也は舌打ちまじりのため息をもらした。

「野上。おまえ、そこらへんでタクシーを拾って、帰れ」

愛子は、なぜ？　──とは問わなかった。

ただ、束の間、和也をじっと見つめて言った。

「相手になってやること、ないんじゃない？」

「これから先も、ずっと付きまとわれちゃたまんないからな」

「自信、あるの？」

和也は唇の端で薄く笑った。

「まだ、やるとは決まっちゃいねえよ」

「ウソばっかり。あたし、知ってるわよ。高見君てさ、ふだんはクールな常識人のくせに、いったん腹をくくってしまうと平気な顔で大ウソ吐くのよ」

「ひでえ、言われようだな」

「あたしがいちゃ、邪魔？」

「邪魔って言うより、足手まといだな」

「はっきり言うのね」

「始まっちまったら待ったなしだからな。怪我《けが》だけじゃ済まなくなることだってあるだろ？特に、女は」

「ほぉら、やっぱり、初めっからそのつもりなんじゃないの」

そこまで言われてしまったら、もう苦笑するよりほかにない。

「あんまりムチャしないでよね」

そっけない口調に込められた真摯さに、和也はひとつ深々と息をついた。

「俺のモットーは『死んじまった英雄よりも生きて帰る卑怯者《ひきょうもの》』だ。心配すんなって。だからさっさと帰れよな」

愛子はまだ何か言い足りなそうな顔つきだった。が、それ以上は自分が立ち入るべきではないとでも思い直したのだろう。

「じゃあ、行くわ」

いったんこうと決めてしまえば未練は引きずらない——とでも言いたげな後ろ姿が去っていく。割り切り方がいっそさばさばして、見ていて気持ちがいいくらいだった。

そして、ふと、苦笑まじりに思い出す。きょうの愛子の口からはシビアな皮肉のひとつも聞けなかったなと。

——所詮、他人事なのよね。

冷めた目で口にしつつ、それでも突き放しきれない愛子のやりきれなさが和也にもわかる。ここまで深く関わってしまえば、ただの傍観者には戻れないだろう。だが、どれほど真摯な助言であっても、聞く耳を持たない者にはただのお節介にすぎない。

そういうジレンマを抱えているだろう人物を、和也は知っている。ふと気がつくと、やけに真剣な目をした高志がいるのだ。

（そういえば似てるよな。だから、ついよけいなことまで口走ってしまうのかも）

思わず、ひとりごちる。高志の顔を思い描きながら、愛子の姿が視界から完全に消えてしまうまで和也はそこを動かなかった。

そうして、また、ゆったりと歩き出した。

なぜ、そんな気になったのか。和也は自分でもよくわからなかった。愛子にはさももっともらしく理由をこじつけてはみせたが、本当はもっとずっと単純なことのようにも思えた。

胸の底の底でくすぶり続ける、どろりと粘る胸糞《むなくそ》悪さ。それをすべてブチまけてしまいたいという昏い欲求。

だが、言葉に出してひとりごちるだけでは虚《むな》しい。

絶叫しても、まだ足りない。

だったら。肉が裂け、骨が軋んで血を吐けば、足りるだろうかと。

誰でもよかったのだ。きっかけを作ってくれる相手なら。そうすれば泥土のように溜まったものが引きちぎれて、少しはこの身も軽くなるだろうかと。

自嘲、ではない。

暗く淀んだ、渇望だ。

歩きながら、和也は少しずつ、気を張り詰めていく。息を吸い、息を吐き、混じり気のないものだけを腹の底に取り込んで、静かに呼気を整える。

ビルとビルの谷間。

そこは、朽ちた柵《さく》に崩れかけた看板を打ちつけただけの空地であった。

人気のない、まるでそこだけ、夜の喧噪《けんそう》から取り残されたような一画だった。

残暑に爛れたような黄色い月が、黒々と大地を照らし出している。

切れかかった街灯が、ときおり闇を射抜く雷鳴のように、野ざらしの自転車を浮かび上がらせては消える。

和也は何のためらいもなくそこに足を踏み入れると、振り返り、挑発まがいの低い声を投げつけた。

「出て来いよッ。いつまでも人のケツにひっついてんじゃねーよ。自称親衛隊長の名前が泣くぜッ」


闇のざわめきが、翳ろう夜の静寂を貪り食っている。

いや……そうではない。

ぬめる夜の狂気が闇を食いちぎっているのだ。

「目障りなんだよ、てめぇは」

歪んでいるのは生温《なまぬる》い静寂であって、闇の気配ではない。

嫉妬《しっと》を過ぎた、理不尽な狂気だ。

「新宿でのレイジ伝説を作り上げたのは、ネチネチ陰口を叩くだけしか能のない腰抜けヤローでもなけりゃ、セックスだけが目的の雌猫でもねー。俺たち親衛隊だ。それをブチ壊す奴ぁ、誰であっても許さねーッ」

狂気を孕んだ風が、唸《うな》る。

右、から。

下、から。

真横から。

「じゃまだッ！」

「失せろッ！」

「消えちまえッ！」

唸りは切れる。

熱く。

鋭く。

そして、素早く。

皮膚を裂いて。

肉を——抉る。

（おまえらがそうやってあいつを崇《あが》め奉るから、あいつはどんどん底無しのエゴイストになっちまうんだよッ）

焼けつく嫉妬が狂気を作り出すのなら、冷めた怒りは憤激を産むのだろう。

拳《こぶし》が。

肘《ひじ》が。

足が。

(ひとりじゃ何もできねえ奴がつるんで好き勝手に盛り上がってるだけのくせしやがって、エラソーにふんぞり返ってんじゃねぇーッ!)

…………はぁ。

…………はぁ。

…………はあ。

吐息は荒く切れて、闇に落ちる。

それでも、きりきりに張り詰めたものは揺らがない。

(おまえが後生大事にしがみついてんのは、おまえらが勝手に膨らませて作り上げた玲二の偶像だろうが。自分たちが作ったモンなら裏切ったりしねぇってか。そんなのはタチの悪いただのオナニストじゃねぇか。だったら、そんなもんはなぁ、ブチ壊れりゃいいんだよッ!)

ぬめる血潮と、喉を灼く鼓動だけが刃となって――切りつける。

(潰れろッ)

(落ちろッ)

（ブッ壊れてしまえッ！）

たぎり上がる血のうねり。

何を、潰したかったのか。

何を、壊してしまいたかったのか。

それすらわからなくなる。

狂気が沈んで、激情が闇に溶けてしまうまで、裂けて弾けた夜は元にもどらなかった。


頭の芯が、真っ白………だった。

もう、何も考えられない………。

引き攣るような痛みも、じんじんした痺れも、まるで遠い他人事のようだ。

荒れ狂う鼓動をなだめることも忘れ、和也は目を閉じたまま、ただひたすら胸を喘がせた。

15　秘密のベールが剝《は》がれ落ちるとき

平川《ひらかわ》、久住《くずみ》邸。

「本当にもう、どうしようもないわね」

久住可奈子《かなこ》はソファーに深々ともたれたまま、心底疲れきったようにつぶやいた。

「あれが高見《たかみ》の甥《おい》かと思うと、あんまり情けなくって涙も出やしないわ。祐介《ゆうすけ》もきっと、草葉の陰で泣いてるでしょうよ」

大病院の副理事として、ふだんはいたって人当たりのよい母親の嘆きとも憤怒ともつかない辛辣さを目の当たりにして、高志《たかし》は苦く唇の端をめくり上げた。

「今更だろう？　こんなの初めっからわかりきった結末じゃないかよ。他人の恋愛に横からあれこれくちばし突っ込むほうが間違ってんだ。彼女が恥もプライドも投げ捨てて泣きついてきたときも世間体だの何だのミエ張ったりしないで、はっきり突っぱねてしまえばよかったんだよ」

「そんなわけにはいきませんよ。あれでも、玲二《れいじ》はまだ十代なのよ。こういうことはね、きっちりと」

「きっちりと、よけいにこじれただけだと思うけど？」

ことをもなげに決めつけられて、可奈子は柳眉を逆立てた。

「だいたいおふくろは甘いよ。あれのどこが子どもなんだよ。いいかげん年齢で十把一からげにくるの、やめたら？」

まさか、高志も、玲二があそこまで平然と言ってのけるとは思わなかった。

（あいつが和也《かずや》以外のことであそこまで熱くなったの、初めて見たような気がする）

ケジメをつけるだけの茶番だと思っていただけに、よけいに驚いた。

「あんな非常識なことを平気で言える神経がわからないわ。いくら無責任だからって、程度ってものがありますよ、まったく。あれじゃあ、麻美《あさみ》さんの立つ瀬がないじゃないの」

そう思うのは、可奈子が同じ女だからだろう。それを言ってしまうと終わりのない水掛け論になってしまいそうだから、あえて口にはしなかった。

女は我が子の存在を実感として感じ取れるだけ、どうしても感情論に走りがちだ。何とか穏便に中絶してもらいたがっていた可奈子にしてからが、そうなのだ。玲二の言葉に完全にアレルギーを引き起こしている。

しかし、男は違う。玲二ほど凶悪ではないにしろ、あれは男の本音にかなり近いのではないかと高志は妙に納得してしまったのだった。

子どもができるという価値観は、愛情と義務を差し引いてしまえば男と女とではかなり違っているのではないだろうか。

女は実感としてすぐに母親になれるが、男は実物が『形』としてはっきり目の前に差し出されて初めて、実感が自覚となり、愛情と責任感が生まれるのではないか？

とどのつまり、我が子を我が子とはっきり確信できるのは女だけであって、男はそれを信じることでしか実感できない。誰がそう言ったのかは知らないが、それが男の本音なのだろうと。

だからといって、それで玲二の肩をもつ気などさらさらなかったが。

「やっぱり和也が同席したのがマズかったのかも。あれで彼女、ざっくり顔色が変わっちゃったからな。まさか玲二の奴、何もかも計算ずくで和也を引っぱり出したわけじゃないよな」

いまいち確信の持てない高志だった。

和也は『茶番』だと辛辣に言ってのけた。

高志はケジメをつけるための茶番ならそれはそれで構わないと思っていたのだが、やはり認識が甘かった。

何をどう考えたところで、ため息以外は出ないのだ。完全にお手上げ状態である。

と、何を思ったのか、可奈子が妙にどんよりした口調で言った。

「世の中って、どうしてこううまくいかないのかしらね。やっぱり、最初のボタンをかけ違えてしまうと後々まで祟《たた》ってしまうのかしら。はっきり我が子だとわかってるほうはどうしようもないエゴイストで、そうでないほうは本当にいい子に育っちゃうんだから」

高志はいきなり後頭部を蹴りつけられたような気がして、思わず双眸を瞠った。

「それって、どういう意味？」

「……え？」

不意に夢から醒めたような顔で可奈子が高志を見やる。

「玲二と和也が――なんだって？」

「あら……別になんでもないわよ。ただの愚痴《ぐち》ですよ」

可奈子の顔つきが『玲二の伯母』から『久住可奈子』へと戻る。

聞いてはいけない。

聞かせたくない。

だけど、つい口がすべってしまった。今のは、そういう類《たぐ》いの秘め事なのだろう。

高志は、聞いて聞かない振りをすることができなかった。

「おふくろ、ごまかすなよ。この先、誰の前でもずっと知らないフリをして欲しかったら、きっちりわかるように説明しろよ」

我が子の性格ならば嫌と言うほど知り尽くしているのが母親というものだろう。それでも、可奈子はためらうように視線を泳がせ、やがて、しっかりとした穏やかな声で言った。

「信用していいわね？　高志」

受け止めた視線を逸らさず、高志は頷いた。

「もう、二十年以上も前の話よ」

可奈子はゆったりと語り始める。弟と、その恋人《祐介》のことを。愛し合ってはいても結婚できなかった理由を。

高志は耳を傾ける。一言一句を聞きのがすまいと。高志と玲二が共有する秘密が、にわかに別の意味を持ちはじめたその真実を。

「レイプ……か」

歯列を割って滲み出るどうしようもない暗さを噛み砕くように、高志が小さく唸る。あのとき——玲二に力ずくで犯され、精も根も尽き果てたような無残な形で失神していた和也の蒼ざめた顔が不意に思い出されて、それっきり何も言葉にできなかった。

「どんなに女が強くなったからって、今も昔も、こればっかりは女だけが泣き寝入りなのよ。被害者なのに、興味本位の世間の目が女を晒《さら》し者にするから。レイプされて自殺する女はいるけど、強姦《ごうかん》犯人が罪の意識に苛《さいな》まれて自殺したなんて話は聞かないもの」

可奈子は辛辣であった。その通りなので返す言葉もなかった。

「愛さえあればなんとかなるって、そんなのはただのキレイ事なのよ。彼女が悪いんじゃない。誰が見ても確かにそうなんだけど、頭でわかっていることと感情は別物なのよ。もし、あのとき、彼女がこうしていれば……。自分があしていれば……。そんなこと、いくら考えたってどうしようもないのはわかっているけど、他人が口で言うほど簡単に割り切ってはしまえないものなのよ。二人とも若かったし、相手も……悪かった。二人のこれからのことを考えて表沙汰にだけはならないようにって、それだけだったわ」

当時はそれが最善の方法だったのかもしれないが、どちらも精神的には相当にキツかったことだろう。

かすかに視線を伏せたまま、高志は組んだ拳に力を込める。

「和也君がお腹にいるってわかったとき、彼女ずいぶん迷ったのよ。私は——産まないほうがいいと思った。どっちの子かわからないのなら、そのほうがいいって。でも彼女は、もしも祐介の子だったら堕ろしたくないってきかないのよ。祐介とは結婚したくてもできない。この子を堕ろしてしまうと、自分にはもう何もなくなってしまうって。可能性が半分あるのなら、その五十パーセントに賭《か》けてみたいって。周りはみんな大反対だったわ。そんな五十パーセントのために、これからの人生ドブに投げ捨てるつもりなのかって。どっちの親も、最後には怒号まじりの泣き落としよ」

当時の修羅場を思い出し、可奈子の口は更に重くなった。

「でも、彼女、産んじゃったのよ。祐介が『君の好きにすればいい。どうするかを決めるのは君だ。僕は今はそれしか言えない』なんて言ったから。あのとき私、本当に腹が立ったのよ。自分で責任持てないのなら無責任なことを言うなってね。さんざん怒鳴ってやったわよ。そしたらね、祐介が言ったの。『もしかしたら僕の子かもしれない。でも、もし違っていたらと思うと怖くて、僕の口から彼女に産んで欲しいなんて絶対に言えない』って。玲二が言ってたでしょう？　産む産まないは云々《うんぬん》……って。あれを聞いたとき、鳥肌が立っちゃった。当時の状況も言ってる意味もぜんぜん違うけど、親子して同じこと言うんだから。でも、今の和也君を見てたら、彼女の選択は正しかったのよね」

「叔父さんの子どもだったたってこと？」

「そういうことじゃなくて愛情の賜《たまもの》ってことよ。麻美さんは簡単に愛情はすべてを越える……なんて口にするけど、それがどんなに大変なことか、まるでわかってないのよ」

「結果オーライじゃ甘いって？　だったら、ホントのとこはどうなんだよ」

「言葉は悪いけど、真実は闇の中ってことかしら。相手の男もB型だってことだったし。徹底的に調べようと思ったらそれもできたんでしょうけど、彼女、そこまでやりたがらなかったのよ。はっきり白黒をつけるのが怖かったせいもあるんでしょうけど、和也君が産まれてしまったら、そんなこと、どうでもよくなっちゃったのね、きっと。まあ全部が全部そうとは限らないけど」

「叔父さんは、それで納得しちゃったわけ？」

「さあ、どうなのかしらね。祐介は祐介で、そのことは一切口にしなかったわ。でも、結局、あの二人は惹《ひ》かれ合わずにはいられない運命だったのねぇ」

「じゃあ、もう一人のって可能性もあるわけだよな。誰？　おふくろ、知ってんの？」

「そこまであなたは知らなくていいのよ」

「なんで？　どうせなら、きっちり最後まで教えてくれよ。奥歯にモノがはさまったまんまじゃ、よけい気になってしょうがないよ。それに名前がわかったからって、今更どうにかなるってもんでもないだろ？」

「…………」

「ただ知りたいだけだって。誰？」

「森島《もりしま》……忍《しのぶ》って言うの。今は代替わりして、森島産業とかいって、かなり羽振りがいいらしいけど。そこの末っ子だったの。もう、ずいぶん前に死んだけど」

「森島って……あの、桂台《かつらだい》の？」

思いもしない名前に、高志は一瞬息を呑む。

森島産業と言えば先々代で組は解散してしまったが、元はかなりの勢力を誇った反社会勢力のひとつである。

「カツラダイ？　ああ、そうね。昔はただの『上がり』って呼んでたけど」

高志の頭の中で、何かがキーンと音を立てて弾けた。

どこか得体の知れない業界人『森島明人《あきと》』の、クール・ビューティーと称されるあの美貌が目に浮かぶ。それが、いつの間にか和也の顔とダブった。

（マジ……かよ？）

つぶやきは喉に張りついたまま容易に溶けなかった。

あとがき

こんにちは。吉原《よしはら》です。

今回、文庫新装版として『渇愛・上下巻』が刊行されることになりました。

まずは上巻です。

すごく感慨深いです。

何がと言って、初期の妄想力がてんこ盛り状態で爆走していました。ブレーキ、まったく踏んでなかったですね。止まれと言われても止まらなかったでしょうが。とにかく、どシリアスのドロドロが書きたくて。

加筆修正するに当たり、改めて読み返してみると熱量が半端なかったなと。妄想力って、ある意味、熱病みたいなものですから。

初版はけっこう過去と現在が交錯していて、そこらへんの行間を脳内補完して力押し……みたいな感じだったのですが、今回は新装版なので時系列をすっきりさせてみました。和也と玲二の関係性と心情がよりわかりやすくなったのではないかと思います。

ちなみに、この先品の刊行後、各社担当さんに『新作はどシリアスでもいいですか?』と聞くと、皆さん必ず『渇愛』までいかないでね』と言われていたのがすごく印象に残っています。

やっぱり、玲二のあの鬼畜ぶりがネックだったのでしょうか？　まぁ、基本が『ＪＵＮＥ』だったので、誰もラブラブ・ハッピーエンドは期待していなかったというか、そういうところも当時の時代を感じます。

今回の新装版でも、そういうざらざら感というかひりひり感というか、尖ったところが薄れていないといいなと思っています。同様に、言葉使いや表現も今の時代に合わせる形にしました。なんといっても当時と今とでは未成年の定義すら違ってしまったので。十年ひと昔とはよく言われますが、『渇愛』は二十年ひと昔ですもの［遠い目］。

最後になってしまいましたが、笠井《かさい》あゆみ様、美麗かつスタイリッシュなイラストをありがとうございました。下巻もよろしくお願いいたします。

それでは、次作『渇愛・下巻』でお会いいたしましょう。

令和五年　五月

吉原理恵子《りえこ》

この本を読んでのご意見、ご感想を編集部までお寄せください。
《あて先》〒141-8202　東京都品川区上大崎3-1-1　徳間書店　キャラ編集部気付
「渇愛㊤」係

【読者アンケートフォーム】
QRコードより作品の感想・アンケートをお送り頂けます。
Chara公式サイト http://www.chara-info.net/

■初出一覧

渇愛㊤……白泉社刊（1998年）

※本書は白泉社刊行花丸文庫を底本としました。

Chara 渇愛㊤……【キャラ文庫】

2023年6月30日　初刷

著者　吉原理恵子

発行者　松下俊也

発行所　株式会社徳間書店

〒141-8202　東京都品川区上大崎3-1-1

電話　049-293-5521（販売部）

03-5403-4348（編集部）

振替　00140-0-44392

印刷・製本　株式会社広済堂

カバー・口絵　株式会社広済堂

デザイン　カナイデザイン室

ISBN978-4-19-901104-7

キャラ文庫最新刊

冥府の王の神隠し

櫛野ゆい
イラスト✦円陣闇丸

遺跡の発掘現場で落盤事故に遭い、目覚めた先は冥府の世界!? 怪我が治るまで、考古学者の伊月《いつき》は冥府の王の庇護を受けることに!?

鏡よ鏡、お城に隠れているのは誰？ 鏡よ鏡、毒リンゴを食べたのは誰？2

小中大豆
イラスト✦みずかねりょう

恋人の紹惟《しょうい》と新居への引っ越しも控え、幸せな日々を送る永利《えいり》。そんな折、傷害事件で干されていた個性派俳優との共演が決まり…!?

無能な皇子と呼ばれてますが中身は敵国の宰相です②

夜光 花
イラスト✦サマミヤアカザ

敵国の皇子の身体と入れ替わってしまった、宰相のリドリー。事情を知る騎士団長のシュルツと画策し、祖国に戻るチャンスを得て!?

渇愛㊤

吉原理恵子
イラスト✦笠井あゆみ

親の再婚でできた2歳年下の弟に、なぜか嫌われている和也《かずや》。両親が事故で亡くなり、残された玲二《れいじ》と、二人きりでの生活が始まり!?

7月新刊のお知らせ

海野 幸　イラスト✦コウキ。　[闇に香る赤い花(仮)]
華藤えれな　イラスト✦夏乃あゆみ　[悪役王子が愛を知るまで(仮)]
吉原理恵子　イラスト✦笠井あゆみ　[渇愛㊦]

7/27(木)発売予定